しだれ桜恋心中

松浦千恵美

早川書房

しだれ桜恋心中

装画／マツオヒロミ
装幀／ハヤカワ・デザイン

その殺人現場は奇妙だった。

　岡山と広島の県境にある山寺、延命寺の境内奥にあるしだれ紅桜は三年に一度咲くという珍しい桜であった。今年はちょうど開花の年で、樹齢一千年とも言われる太い幹から地面まで垂れた何十本もの枝に、うすい紅の花が手を広げたように咲いていた。死体はその桜の樹の下にうつぶせに倒れており、散った花びらが無残な姿を覆い隠すように降り積もっていたと住職は言う。

　男は背中を大きく切り裂かれ、シャツの破れた部分から脊椎と肋骨が見えた。

「こりゃあ、すげえな。しばらく骨付きカルビは食えねえな」

　山吹署の刑事、宮澤将太《みやざわしょうた》が合掌したあと露骨に顔を歪めるのを、横にいた警視庁の刑事、横田《よこた》徳治《とくじ》は睨みつけた。山吹市の入口は新宿区の半分以下で、毎年の殺人事件の発生件数は両手に満たない。宮澤が殺人現場を珍しがるのも無理はない、と横田は思った。

「いちいちそんなこと言うな。お前、何年やってんだよ!」

横田に一喝され、宮澤は不服そうに口を尖らせると、ちょこんと頭を下げた。まるで親に叱られた子供のような態度だ。息子ほども年の離れた刑事たちとの現場が多くなり、横田はここ数年、多少やりづらさを感じている。気持ちを落ち着かせるようにふうっと息を吐くと、横田は両手に白手袋をはめた。

ある男の行方を追って広島県警に詰めていた横田に、最悪の知らせがもたらされた。寺の近くの旅館に荷物を預けたままだったため、惨殺死体の身元はすぐに判明し、横田が捜していた男と同一人物であることが確定した。

男の名前は屋島達也《やしまたつや》。年齢二十四歳。職業は文楽人形遣《つか》い。人間国宝の吉村松濤《よしむらしようとう》の弟子で、実家は東京都葛飾区高砂にあるが、東京・神楽坂と大阪・天王寺にある松濤の家に住み込みながら、修業していた。スーツケースの中には、着替えと思われるシャツが二枚、Tシャツ、下着、そして靴下が三足。ショルダーバッグには、岡山のガイドブックと神楽坂から半蔵門までの三カ月分定期券が入った財布があったという。

横田は腰を下ろし合掌すると、死体の顔を見た。

血の気がなくなった顔は眠るように穏やかであった。その顔つきから即死に近い状態だったと思われる。苦しまずに死ねたのは幸せなほうだ。数えきれないほどの断末魔の顔を拝んできただけに、横田は素直にそう思った。

死体のそばには、凄惨な現場に似つかわしくないものが置いてあった。

死体が伸ばした右手の先には人形――大きさにしてだいたい一メートル半くらいの文楽人形が一体。煌びやかな髪形と衣装から、その人形が花魁であることは一目でわかる。人形は胸に小刀が刺さったまま、あおむけに倒れていた。

「なんだこりゃ」

刀が刺さった着物の胸の部分に、赤茶けた液体が付いている。

「すいません、ちょっとこれを見てください」

若い鑑識員が小さな日本刀を差し出した。被害者の足元に落ちていたという刀は、その人形が使うにはちょうどいいくらいの大きさのものだった。

「刃文の部分に血が付いています。しかもこの刀、切れるんですよ」

そう言われた横田は鎺《はばき》に近い、血の付いていない刃の部分を見た。その光の反射は、切れ味のよいナイフを連想させた。

「付着している血は被害者のものかと。それと」鑑識員は声を潜めた。

「それと？　何だ」

「人形の胸元に付いている染みですが、どうもインクや塗料とは違うようで……」

横田は人形に顔を近づけた。胸元に目を凝らすと、液体は外側から「塗った」のではなく、内側から「滲んでいる」ように見えた。

「じゃあ、これはいったい何だっていうんだ？」

「それが……あの……」

急に口ごもる鑑識員に苛立ち、横田は声を荒らげた。

「まさか、人間の血ってわけじゃねえだろ!!」

響きわたる声に、現場が一瞬静まり返った。場の空気を察し、鑑識員は慌てて言葉をつなげた。

「きちんと調べないと断定できませんが、これは血のように見えます」

「それを捜査するのが俺たちの仕事だろう！　ここでごちゃごちゃ言ってねえで、早く分析してこい！」

横田の迫力に押され、鑑識員は刀を袋に仕舞うと、小走りに去っていった。

「ったく……」

横田は視線を落とし死体を見つめた。流れている血の量からして、被害者はここで殺されたようだ。殺されてから数時間が経っているであろうにもかかわらず、血の量の多さゆえに体の上に落ちた花びらがまだ変色していない。その毒々しいほどの鮮やかさが事件の凄惨さをより物語っていた。

空を仰ぐと、春の蒼に薄紅色の霞《かすみ》がかかっている。ため息を誘う美しさだ。こんなにも美しい桜の下でどうして人を殺せるのか。犯人の持つ憎しみの炎は紅桜の美しさをも焼きつくしてしまったのか――。

ふと、宮澤が何かをじっと見つめているのに気がついた。

「おい、どうした?」

だが、宮澤は眉間に皺を寄せたまま何も答えない。先ほどの子供じみた態度とは真逆の真剣な横顔に、横田は視線の先を追った。そこには、花魁の人形があった。

「あの……これって、握ってますよね?」

宮澤の問いかけに今度は横田が眉間に皺を寄せた。宮澤が指さしたのは、人形の指だ。白い小さな掌《てのひら》から伸びた五本の指は、人間の指と同じ動きができる造りになっている。その指が被害者の小指を握っているように見えるのだ。

「たしかこういう人形って、人間が後ろで動かすんですよね? 手や足は糸でしたっけ? だから、人が後ろで動かさない限りこういう動作はできないはずだと思うんですが」

宮澤は人形を操るような動作をしながら話す。

仮に、犯人が被害者を殺してから人形の手を動かしたとしても、動かした人間がいなくなれば握る力はなくなり、人形の指は被害者の小指から離れてしまう。

横田は人形を見つめた。太く張りのある眉に鼻筋の通った整った顔かたち。ちいさく開いた紅い下唇の右下にある黒子が妖艶に見えた。漆黒の結髪に惜しげもなく挿されている鼈甲《べっこう》と銀のかんざし。飴色の艶は、どう見てもプラスティックではない。桔梗の花の細工が施されたかんざしも本物の銀のようだ。桜と手鞠、風車が画《えが》かれている黒地の着物も、金色の帯も、かんざしに劣らぬくらい上等なものに違いない。横田は唸った。人間が使ってもいいくらいの高価なものがこの人形に拵《こしら》えられている。

眠るように閉じている目。血まみれになった桜の花びらの絨毯の上に、胸を突いた恰好の花魁の人形が被害者の男と寄り添うように倒れている光景に、

「これじゃまるで……心中じゃねえか」

横田は思わずそう呟いた。

「昨日の心中事件も吉村松濤の弟子ですよね」

宮澤の声が背後から聞こえた。

「ふたりとも同じ人形遣いで同じ師匠、これってどう……」

突然、横田は宮澤の言葉を遮るように歩き始めた。

「ちょっ、横田さん！　ちょっと待ってくださいよ、どこへ行くんですか!?」

追いすがるような声に横田は面倒くさそうに振り向いた。

「吉村松濤のとこだ！」


大戦前は花街《かがい》として栄えた神楽坂は、戦前の佇まいを残した趣のある街ながらも、洒落た店が多いこともあり、テレビや雑誌などで数多く取り上げられている。そのせいか、女子大生や若い

ＯＬたちが家路を急ぐサラリーマンに交じってそぞろ歩いている。

山吹の現場から東京に戻った横田は休むことなく、再び捜査態勢に入った。東京に滞在していた吉村松濤は愛弟子が惨殺された知らせを受けた後、言葉を失い、憔悴状態であると部下から聞かされた。その様子から明日以降に事情聴取をしたいと申し出ると、今からでもいいと言ったらしい。とは言え、八十二歳になる老人の家を深夜に大勢で押し掛けるのは迷惑ではないかと考え、横田ひとりでの聴取となった。

横田が松濤の自宅を訪ねるのはこれが初めてになる。夜の街は昼と違って目印が見つけにくい。横田は携帯電話の画面に映った地図を頼りに表通りを抜け、電信柱に表記されている番地と通りに立ち並ぶ建物の名前に目を凝らした。

「三番地六号、六号と。吉村……吉村……ああ、これは芸名か。本名は長谷川金之助……」

思えば、三十数年の刑事生活の中で「人間国宝」という肩書きを持つ人間と話すのは初めてである。はてさてどうやって接すればいいのか、ああだこうだと考えているうちに、

「あ……！」

吉村松濤の家が見つかった。

目印とされていた赤松が雄々しく夜の闇に浮かび上がる。武家屋敷風のどっしりとした門構えに一瞬たじろいだ。門をくぐると、これまた数寄屋造りの重厚な屋敷が目の前に構えていた。今時あまり見ない造りの和風の屋敷に、横田はしばし目を見張った。ローン三十五年払いの３ＬＤ

Kマンションに住む自分には別世界のような家である。聞くところによると、この屋敷はご贔屓《ひいき》筋の娘だった松濤の妻の実家らしく、天王寺の家も相当な豪邸らしい。

「横田さま、いらっしゃいませ。こちらへどうぞ」

よく通る声が関西弁のイントネーションで背後から聞こえた。振り向くと、和服姿の男・柏木《かしわぎ》亜紀良《あきら》が表玄関の踏み込みに佇んでいた。二十数年前に松濤の妻が病死した後、吉村松濤の身の回りの世話をしているという。いわゆる「しょうゆ顔」のタイプで、肩幅のある体つきではあるが凜とした雰囲気に和服が似合っている。ピンと伸びたその背筋に横田も思わず姿勢を正し、亜紀良の後ろを歩いた。

コートを脱いで、玄関に入る。十畳ほどの客間を通り過ぎ、茶の間、仏間と、屋敷の奥へ奥へと進んでいく。やがて薄暗いなかに渡り廊下が見えてきた。

「あちらでお待ちでございます」

渡り廊下の先を手で指しながら亜紀良はその先には進まず、横田を見送った。廊下に敷かれている籐のゴザが疲れた足の裏に心地良く感じる。丸窓にはそれぞれ一輪ざしが飾られ、竹を使った格子が和の趣を引き立たせていた。やがて目の前に部屋が見えてきた。

「失礼します」

横田はゆっくりと襖を開けた。

「警視庁の横田と申します。本日は夜分遅くに申し訳ありません」

一礼して入ると、蠟燭のぼんやりとした灯りの中にくつくつと湯気を立てている茶釜が見えた。その横には和服姿の老人――吉村松濤が正座していた。背筋を伸ばして座っているのに座高がやけに低いのは、小柄な体つきのせいだろう。

「いいえ、こちらこそ足を運ばせてしもてすまんことでおます。お疲れでおますやろ。すぐにお茶点てますさかい、ちとお待ちいただけますやろか」

老人はにっこりと笑うと深く頭を下げた。顔を上げた時、左頰に親指の第一関節ほどの大きさの青紫のあざがあることに気づいた。たしか、資料で渡された去年五月の東京公演のパンフレットに載っていた顔写真にはあざがなかったはずだ。

人懐っこい笑顔を見ていると、この老人が人間国宝であることをうっかり忘れそうになる。横田は静かに座ると背広の内ポケットから手帳を取り出した。だが、早速聴取を始めようとする横田を無視するように、松濤は紫色の袱紗《ふくさ》を取り出すとゆっくりと棗《なつめ》を拭き始めた。茶器を拭いている、ただそれだけなのに横田は口を開くことができなかった。棗の蓋の甲を「こ」の字を描くように拭く動作があまりにも美しく、つい目を奪われてしまったのだ。そして、棗を見つめる松濤の目には、相手が誰であろうと一言も言葉を挟ませまいという威圧感が宿っていた。刑事として長年のキャリアがあるにもかかわらず、その威圧感に横田はすっかり押しつぶされてしまっていた。

「横田はん……とお呼びしてよろしおますか」

松濤が再び口を開いたのは茶杓《ちゃしゃく》を拭き終わり、茶筅《ちゃせん》を茶碗の中でお湯にくぐらせているときだった。松濤の所作に見惚れていた横田は、ふいをつかれたような問いかけに「は、はい」と慌てて返事をした。松濤がくすりと笑う。子供扱いされているような気がしたが、やわらかな笑みに怒る気にはなれなかった。それよりも足が痺れてきたのが気になる。

「刑事はんちゅう仕事はほんま大変ですなあ。事件が起これば、正月やろが日曜やろが関係のう働いてはるのでおまっしゃろ」

松濤はそう言いながら棗を取ると、茶杓で抹茶をすくい上げ茶碗に入れた。

「そうですね。でもまあ、そういう生活を三十年以上やってるとそれが普通というか、あまり特別なことでもなくなってきました。おかげで父親としての威厳はほとんどなくなりましたがね」

「わてら人形遣いも四六時中、人形のことだけを考えて生きておりますのや。それこそ、盆も正月も親が死んでも関係あらしまへん。不義理な商売ですわ」

横田は足の痺れをこらえながら「一般人と刑事が交わすよくある会話」で自分のペースに戻そうとしたが、それを遮るように松濤は茶碗の縁で茶杓を振りはらったり、棗の蓋を閉めたりと、またもやゆっくりとした所作を続ける。まったく一服のお茶が点てられるまでどれだけ待てばいいんだ。刑事には缶コーヒーで充分だ。横田はそう思いながら足の痺れと格闘した。

茶釜から湯が注がれると、途端に松濤が厳しい顔つきになった。さっきまでとは一変した表情に横田の目が釘付けになる。松濤の手が優雅に茶筅を動かす。その動作には手首だけでなく腕も使っていることに横田は初めて気がついた。

「お待たせいたしました。さ、どうぞ」

横田の前に茶碗が差し出された。艶のない黒が茶の鮮やかな緑を引き立たせている。

茶の作法を知らない横田が、なかなか茶碗に手を伸ばさないでいると、

「よろし、よろし、作法なんてかましまへん。さ、召し上っとくなはれ」

そう言って笑う松濤に応えて、横田は茶碗を取ると一気に飲み干した。まさか一気に飲み干すとは思いもしなかったのか、松濤は目を丸くして横田を見つめた。

「ああ、うまかった！　お茶ってこんなにうまいもんなんですね。知らなかったなあ、なんだか生き返ったような気がしますよ」

「横田はん、年寄りが点てた茶やから言うて無理に気ぃ遣うてくれはらへんかて」

「違います」

それはお世辞でも苦し紛れの言葉でもなかった。確かに、苦い。苦い茶だ。だが飲んだ瞬間、味が染みわたり、体中の細胞が目覚めるように横田は感じた。

「生まれて初めて人が点ててくれたお茶を飲みましたが、吉村さんが私を労ってくれた真心がおいしさとなって伝わったんだと思います」

なかば興奮気味に話す横田の言葉に、なぜか松濤は笑みを返さなかった。

「似たようなこと言いはる」

「え?」

「朱雀《すざく》と孔雀《くじやく》。初めてわしんとこに来た日、わしが点てた茶を飲みよった時に似たようなこと言いよりました」

松濤の目に涙が滲んだ。

「昨日心中事件でお亡くなりになった久能雅人《くのうまさと》さんと、延命寺で発見された屋島達也さんのことですね」

松濤は何も言わず、ただ頷いた。

悲しみにうなだれる小さな体がますます小さく見える。横田は松濤ににじり寄った。

「事件性は違いますが、久能さんと屋島さんが立て続けに死ななければならない理由があると考えています。大事なお弟子さんをふたりも亡くして、ご心痛のところ大変申し訳ないのですが、些細なことでも構いません。なにか心当たりがあれば教えてください」

その時、松濤の顔からすべての表情がなくなった。人懐っこい笑顔、やわらかな笑み、茶を点てた時の厳しい顔、今まで見た表情が全部消え失せてしまったかのようだ。

「……の……ろ……」

「え?」一瞬、何を言っているのかわからないくらいの低い声が聞こえた。

「あのふたりは呪い殺されたんや……!」

能面のような顔から放たれた言葉に横田は耳を疑った。

ぼんやりと灯る蠟燭の火が少し暗くなったような気がした。

一

事件の約十一ヵ月前。五月、文楽劇場。

今日から東京公演が始まる。屋島達也は午前十一時の第一部の開演に合わせて三時間前に楽屋入りし、黒衣《くろご》に着替えると、楽屋口に塩を盛り、掃除を始めた。

「おはようさん。やっぱりあんたが一番乗りやな」

楽屋の戸口からジャージ姿の三味線《しゃみせん》の鶴山清武《つるやまきよたけ》がひょっこりと顔をのぞかせた。

「あ、清武おじさん。おはようございます、おじさんもいつも早いじゃないですか」

達也はすぐさま床拭きしていた手を止めて正座した。

「わてはただの年寄りの早起きや。それに朝の劇場は空気が澄んで気持ちええしな」

清武は畳に上がり、達也と向かい合わせに正座した。ふたりは床に手をつくと、

「本日は初日おめでとうございます」

二つの頭が同時に下がった。清武はゆっくりと顔を上げると、達也の顔を覗き込んだ。

「弟子入りしてもう三年か、早いもんやな。毎日毎日相当鍛えられとるんやろ？　ええ加減、住

み込みきつうないんか?」

眉毛を八の字に下げた心配そうな顔。清武は父親と年が近いので、達也にとっては親戚のおじのような存在である。

「いやあ、ちっともきつかないです。逆に住み込みしていたほうが稽古に集中できるし、俺には充分な環境ですよ」

そう応えながら笑顔を浮かべる達也に、清武の目元は安心したように緩んだ。

「そうやって笑ろた顔、ほんま梅濤《ばいとう》はんにそっくりやなぁ」


達也の父、屋島卓郎《たくろう》は「吉村《よしむら》梅濤」という名の人形遣いであった。準主役の主遣《おもづか》いを多く勤め、控え目ながらも印象深い演技にファンが多かったのだが、達也が高校三年の冬に病死した。

歌舞伎や狂言、能と違って世襲制はない文楽だが、三十、四十歳でまだ「ひよっこ」と呼ばれ、長い修業を強いられる厳しい世界である。卓郎は無理に達也を引き込もうとはせず、大学進学を勧めた。

日に日にやつれ、薄れゆく意識の中でも人形を操るように両手を動かす姿を見ながら、達也は人形遣いに人生の大半を捧げた父を思った。一年のほとんどを大阪と東京を往復していた父だったが、公演日が重ならない限りは授業参観や運動会に参加し、遊園地や動物園にも連れて行ってくれたので特にさみしい思いをすることはなかった。

だが、家の中に父から立ち入りを禁じられた部屋がひとつあった。そこは父が稽古をする部屋で、自分はもちろん母親でさえも入ることは禁じられていた。父はいったんそこに籠《こも》ると、寝食を忘れてしまったかのように部屋からまったく出てこないのだ。一度だけ部屋から出てきた父の顔を見たことがあった。全身汗まみれになり、頬がげっそりとこけた顔はいつも自分に笑顔を向けてくれる父ではなかった。

小学二年生になった達也は初めて父の舞台を観に行った。その時、人形を操る父が家では見たことのない、真に迫った顔をしていたことに驚いた。子供会の催し物で見るあやつり人形や指人形とは違って、文楽の人形を動かすのはものすごく大変なのだと思ったことを覚えている。

ひとつの人形を大人の男が三人がかりで操る「三人遣い」は江戸時代に始まり、かたちを変えることなく二十一世紀の今でも続けられている。「伝統芸能」が持つスケールの大きさに圧倒され、達也は文楽に興味を抱いた。

それから父が出演している公演を度々観に行くようになったが、舞台での気迫溢れる父の姿に気後れしてしまい、面と向かって文楽の話をすることはなかった。

結局、何も聞くことができぬまま卓郎は世を去ってしまった。重くのしかかる後悔を振り切るかのように、初七日が終わるころ、達也は父と懇意にしていた清武に連絡を取った。今まで父親のあとを継ぐような素振りがなかっただけに母親は驚いていたが、内心は嬉しそうだった。

とはいえ、夢の世界も甘くはない。半世紀近く人形を遣う重鎮の技芸員《ぎげいいん》でさえ、「一生、修業」と語っているほど終わりのない修業生活である。達也はさらに「携帯電話は持たない」という独自のルールを課した。師匠の家に住み込みで修業する自分の時間がない生活は、なかなか辛いものがある。だが、そんなストイックな時間が逆に達也には心地良かった。もしかしたら、その頃すでに心は芸の持つ「魔」に囚われていたのかもしれない。

第一部の開演一時間前になった。

達也は楽屋の掃除を終えると、贈られてきた花の整理を始めた。このころになると、続々と技芸員たちが楽屋入りしてくる。三味線の調子を合わせる音色と太《た》夫《ゆう》の発声練習の声が聞こえてきた。これらが聞こえ始めると達也の体に緊張感が漲《みなぎ》る。そろそろ松濤と朱雀も劇場に入るころだ。

ふたりは第二部の演目「御《み》神島《かみしま》風雷《ふうらい》太鼓《だいこ》」で、松濤が雷神・轟丸《とどろきまる》の主遣いを勤め、朱雀は雷神の敵役である風神・嵐丸《あらしまる》の主遣いを勤める。

吉村松濤はこの道六十年の、まさに手本中の手本と言われるほど非の打ちどころがない熟練の演技を見せる人形遣いだ。情熱的かつ繊細な演技で、数々の賞や褒章を受賞・受章し、ついには人間国宝にまで認定された。他の人形遣いや三味線、太夫にも何人か褒章受章者や人間国宝はいるのだが、松濤は受章の多さゆえに扱われ方が別格であった。

「おはようさん」

背後から聞こえた声に達也の背筋がピン！　と張った。小柄な老人が楽屋口に現われると、廊

下にいた裏方や他の技芸員たちが一斉に大きく道を開ける。弟子が先回りして楽屋入口の暖簾《のれん》を開けると老人は、

「よろし」

と、にっこりと会釈して中に入っていった。その後に合図をかけたように劇場支配人や舞台監督、三味線や太夫たちが楽屋に吸い込まれていく。みな、吉村松濤に初日の挨拶をするためにである。楽屋花の胡蝶蘭を抱えた達也がその様子をぼうっと見ていると、前を誰かがふっと横切った。

「おはよう」

「あっ、おはようございますっ！」

達也は暖簾を開けようと慌ててあとを追いかけるが、歩幅の大きなその男はさっさと中に入っていった。

「朱雀兄さん、すいません……」

「暖簾くらい自分で開けられるんだから気にしないで。それよりも、いつも入りに合わせてお香を焚いてくれてるね。おかげでリラックスできるよ。ありがとう」

朱雀は用意してあったほうじ茶を一口飲むと達也に微笑んだ。この何気ない一言が嬉しくて、達也は楽屋手伝いに励んだ。楽屋での手伝いも修業の一環や、と松濤は言う。

——三歩ひきながら三歩先を読むんやで。師匠や兄弟子にええ舞台勤めてもらうために弟弟子

は頭と心を遣うんや。それがのちのち遣い方に必ず活きてくる。ええか、楽屋の手伝いをなめたらあかんで。

達也の兄弟子である吉村朱雀は十七歳で弟子入りした。二十四歳で主遣いを勤め、数々の賞を総ナメにしている、今一番注目されている人形遣いである。そんな朱雀を「百年に一度の天才」と世間は称賛するが、もともとの才能に己惚《うぬぼ》れることなく、今でも弟子の誰よりも稽古に励んでいる。自分の芸に対して決して妥協をしない姿を目の当たりにしているだけに、達也は朱雀に対しては松濤とは違った尊敬と憧れを抱いていた。

肩まで伸びた長い髪に細い輪郭。涼しげな瞳のすっとした顔つきは中性的で美しく、最近女性誌の「伝統芸能イケメン特集」に取り上げられたせいか、先の大阪公演から今まであまりいなかった部類の若い女性が客席に目立つようになった。その大半は朱雀目当てで、中には朱雀の出番が終わるとさっさと退席してしまう良からぬ客もいた。それについて重鎮たちが苦言すると松濤は、

「よろし、よろし。客席からぎょうさんええ匂いがして、わしは夢心地だす」と一笑に付した。松濤はよくお札の匂いを嗅ぐ。この奇妙な癖は貧しい家庭に育ったことが発端らしい。「ぎょうさんええ匂いがする」というのは「女性の匂い」というよりも「たくさん客が入る＝お金がたくさん入る」という意味である。

だが「足遣《あしづか》い十年、左遣《ひだりづか》い十年」と言われる人形遣いにおいて、朱雀に嫉妬する輩は少なくな

い。なかでも、左遣い十五年の桐谷寂寿《きりやじゃくじゅ》は強烈に朱雀を敵視していた。

朱雀に頼まれ、サイン用の色紙を購買部に買いに行こうと達也が階段を降りているとき、寂寿の弟弟子である三上健二《みかみけんじ》とはち合わせた。健二と達也は同期で東京出身という共通点もあり、仲が良い。

「ミッキー、もう機嫌が悪いんだよ」

健二は達也の顔を見るなり、愚痴をこぼした。ミッキーというのは健二が仲間内で呼ぶ寂寿の渾名《あだな》である。顔がネズミに似ていることからそういう渾名になったのだ。

「家を出てきたときはなんでもなかったんだぜ。だけど、楽屋に入った途端に荒れる荒れる。舞監さん呼び出して、ゴネるゴネる。黒衣着ると暑いから袴で出たいって。なんで左遣いが袴なんだよ！　言ってること滅茶苦茶だよ。暑いのはお前がデブだからだろって。四十過ぎたいいおっさんがまるでガキだよ、ありゃどうしようもねえな」

寂寿の横暴でわがままな言動は毎回笑い種《ぐさ》になっている。とはいえ、日本文楽協会会長の三枝《さえぐさ》美津雄《みつお》の息子ということもあり、誰も寂寿に注意することができないでいた。現実の世界も夢の世界も変わらぬ不条理である。

「それに比べて朱雀兄さんは、才能はあるし、顔もいい。性格までもいい。すべてに優れてる人ってホントにいるんだよなあ。あんなすばらしい人が兄弟子で、お前がうらやましいよ」

達也や健二のような者たちにとって、朱雀は雲の上の存在である人間国宝の松濤よりも身近ながらも、反面「神」を感じさせる存在であった。それは達也が研修を終えて、松濤の門下に入った直後の大阪公演三日目の出来事であった。

「中之《なかの》川島《かわしま》獅子《しし》合戦《かっせん》」という戦国を舞台にした合戦劇の演目で松濤は主役の若武者、竹澤兼玄《たけざわかねはる》の主遣いを勤めた。だが、本番の直前に高齢の左遣いである桐谷《きりや》玉寿《たまじゅ》が脳梗塞で倒れてしまった。混乱する舞台裏で、松濤は玉寿の代役として、朱雀を指名した。当時はまだ左遣いになってまもなくだったにもかかわらず、朱雀は舞い上がることもなく、激しく、しなやかに立ち回った。その姿はまさに神がかり的だったと足遣いの吉村鶴濤《かくとう》は公演の後、興奮気味に語った。

　舞台袖でそれを見ていた達也にもそう思えたが、胸が震えるほど感動する一方で、朱雀が別の世界の扉を開けてしまったような気がした。

「そういえば、来てたか？」我に返ると、健二がにんまりと笑っている。

「来てたって誰が？」

「あの娘《こ》だよ、由良《ゆら》ちゃん！」

「ああ、由良ちゃんか。って、気安く呼べる仲じゃねえだろ！」

槇野《まきの》由良。六世武豊梅大夫《たけとようめだゆう》の孫で、協会理事長・槇野《まきの》勇治郎《ゆうじろう》の娘である。ご贔屓よりも派手な恰好をすることは禁じられている雰囲気があるにもかかわらず、由良はそれを無視するように初日と楽日《らくび》に艶やかな振り袖姿で劇場にやってくる。勇治郎から何度か注意を受けたらしいが、甘やかされて育ったせいか聞く耳持たずの状態で、重鎮たちも「由良ちゃんは生まれる前からお姫《ひい》さんやから」と諦めてしまったようだ。

「早いとこ用事済ませてさ、由良ちゃんをお出迎えしようぜ！」

お出迎えと言っても、楽屋の廊下の隅で見ているだけのことである。

「俺は行けないよ。この後、師匠と朱雀兄さんとで床山《とこやま》さんと衣装さんと小道具さんに挨拶に行かなきゃ」

「由良ちゃんを見ないで、床山の暗い女のとこに行くのかよ。ええと、名前なんだっけ」

「神崎《かんざき》さん？」

「そうそう、神崎。あの人ってさ、いつも顔が下向いてるじゃん。誰も正面からまともに顔を見たことないんじゃないの？　同じ女なのに由良ちゃんとは雲と泥だよ。あ、由良ちゃんは雲なんかじゃないな、薔薇だよ、このむさくるしい野に美しく咲く一輪の薔薇の花！　あのちょっと気が強そうでわがままっぽい感じがいいんだよなあ。ああ、一度でいいから振り回されてみたいっ」

おどけた健二の言葉に達也は思わず笑いが込み上げた。

「おい、三上、寂寿兄さんが呼んでるぞ！」兄弟子の声がした途端、健二は顔を歪ませた。

自分の祖父以上の長老から兄弟子までさまざまな性格の男たちがいるが、寂寿ほど気性の荒い男はいない。今まで平均二週間で楽屋手伝いが変わっていたらしいが、健二は二カ月目に入り新記録を更新中だ。しかし、時々飲み屋で聞かされる愚痴には本当に同情してしまう。地底三万メートルまで届きそうな深いため息をついた健二が哀れに思えた。

「明後日、いつものところで飲もうぜ」と達也が声をかけると、健二の顔に笑みが戻った。

「行くよ、行く！　じゃ、またな」

健二と別れ、達也は小走りで購買部へと急いだ。色紙を買い、楽屋へ戻ろうとプログラム売り場を横切ると、いきなり鮮やかな翠が目に飛び込んできた。

「きゃっ」

若い女が倒れた。金の檜垣と色とりどりの花扇が描かれた翠地の袖が床に広がる。達也は慌てて色紙を床に置くと、女の体を起こした。

「すいません、大丈夫ですか！」

ふんわりとまとめた髪から甘い香りと、それに混じって煙草の匂いがかすかにした。女は肩にかかった達也の手をはずすと、顔を上げた。くっきりとした二重の目が達也を捉える。

その瞬間、達也は声をあげそうになった。女は槇野由良だった。

ほんの二十センチもない距離に、さっきまで話題にしていた本人がいる状況に驚くとともに、胸が高鳴る。あまりに高鳴るその音が由良に聞こえやしないかと焦るくらいだ。そんな達也を見て由良はいたずらっぽく笑いながら立ち上がった。それにつられて達也も立ち上がる。

「大丈夫、気にせいでください」

威勢のいい大阪弁を四六時中聞いているだけに、由良の京都弁は耳に心地よく聞こえた。由良は小さく会釈し、客席に続くドアの向こうへと消えていった。由良が去ってもなお、達也の胸はまだ大きく鼓動を打っていた。

由良と同い年であることは健二から聞かされていたが、楽屋手伝いが忙しい上に、重鎮の孫で理事長の娘ということもあり、言葉を交わすことなど一度もなかった。

白く透き通った肌。マスカラで彩られた黒く長いまつげに大きな瞳。ほんのりと桃色に染まった唇。普段、日本的な顔立ちの人形たちを見ているだけに、今どきの女の子らしい由良の顔立ちは新鮮に映った。

派手な翠地の振り袖にしても、平凡な顔立ちだと浮いてしまう。それを着こなすだけでなく、上品さまで醸し出している。育ちの違いをまざまざと見せつけられたような気がした。

あんな美人に京都弁で甘えられたらほとんどの男は骨抜きになるだろう。そんなことを考えながら、急いで楽屋に戻った。

第一部の開演まで三十分を切った。

楽屋にぴんとした空気が張りつめる。朱雀は顔と手を入念に洗うと、長い髪をまとめて縛った。引き締まった表情に袴姿の朱雀は、凛として美しい。その姿についつい見惚れてしまう自分を、達也は同性愛の気があるのではないかと悩んだ時期があった。ひと月ごとに東京と大阪で公演をし、合間に地方公演もこなす多忙な日々を朱雀とともに過ごしているうちに、疑似恋愛的な気持ちが芽生えてきてしまったのかもしれない。達也は自分の両頬をぱちぱちと叩くと、松濤と朱雀のあとに続いた。

——裏方さんあってのわしらやで。

松濤は初日だけでなく、公演期間中毎日、床山と衣装、小道具部屋に挨拶に回る。「御苦労さまです」「お願いします」この短い挨拶の積み重ねで強い絆を結ぶんや、と言う。

床山の神崎悟《かんざきさとる》は五年前に糖尿を患い、それが原因で視力を失ってしまった今は、娘の真琴《まこと》にすべての仕事を任せている。真琴は文楽界では珍しい女性床山である。

「初日おめでとうございます」

作業道具が所せましと置かれた床山部屋に三人一緒には入れないので、ひとりずつ挨拶をする。朱雀と入れ替わり部屋に入った達也は、健二が「誰も正面から顔をまともに見たことがない」と言ったこともあり、真琴の顔をじっと見てしまった。これまでは、一言二言の挨拶をするだけだったので、真琴の顔を意識して見たことはなかった。

年は三十くらいだろうか。胸元まで伸びた髪をひとつに結び、顔の左側に頬を隠すように下ろしている。俯いた顔にかかっている銀縁眼鏡の奥は伏し目がちで、自分の正面に人が座っているにもかかわらず決して目を合わせようとしない。それゆえに「暗い」と言われるのだろう。だがよく見ると、まつ毛が長い。由良のようにマスカラで延ばしたものではない、天然の長さだ。

その時、伏せていた目がいきなりこちらに向いた。少し気が強そうな目。すっと鼻筋が通った顔立ちは冷たそうな印象を与えた。化粧っけのなさが余計にそれを際立たせている。

「あ……すいません。あの、初日おめでとうございます！」

達也は頭を下げ、逃げるように床山部屋を出た。そんな達也を見た松濤は、不思議そうに小首をかしげながら先を歩く。

「真琴を怒らしちゃだめだよ」朱雀は小さく笑うと、松濤のあとに続いた。


第二部の演目「御神島風雷太鼓」が始まった。客席は満員である。達也は小幕係として舞台上《かみ》下《しも》にある出入りの幕の開け閉めを担当し、健二は小道具を手渡す係を務める。朱雀の左を勤める寂寿は結局黒衣の衣装で登場したが、女性客のほとんどの視線が朱雀に集中していることに腹を立て、朱雀の舞台下駄を足で止めてみたり、肘で体を押してみたりなど、舞台から見えないところで嫌がらせをしている。舞台袖にいるとき、その様子は達也や健二からよく見えた。

「みっともないよな、ミッキー……」

健二は情けない、とでも言うように目を伏せた。

だが、寂寿の嫌がらせの対象は朱雀だけではなかった。公演二日目、少し目を離した隙に、達也の黒衣がびりびりに破かれてしまった。おまけに草履にはカッターの刃が仕込まれていた。まるで少女マンガのような嫌がらせに、呆れを通り越して笑いが込み上げてきた。公演三日目には、楽屋にほうじ茶の茶葉がばらまかれていただけでなく、達也の私服がずたずたにされていたため、達也は仕方なく浴衣を着てすごした。

「お前にまで当たり散らすなんて、ほんま情けないわ！」

健二の話し言葉に大阪弁が混じるようになってきた。公演中は寂寿に朝まで飲みにつきあわされ、ほぼ二十四時間一緒にいるので方言がうつるのも仕方ない。

今日は公演が終わってから飲みにいく約束をしていたが、浴衣姿のままではどこにもいけやしない。それに連日のくだらない嫌がらせのせいでさすがに気が滅入っていた。

「明日にするか？」

達也が訊くと、健二は首を大きく横に振った。

「いや、俺は今晩飲みたいねん！　お前がこんなひどい目にあって俺はますます飲まずにはおられんわ！　今から神楽坂に行って着替え取って来てやる！　それまでここで待っててや」

健二は楽屋の片づけが終わると、達也から渡された合鍵を手にすぐに劇場を出て行った。

「坊主憎けりゃ袈裟まで憎いか。やけど、寂寿が実際犯人やちゅう証拠はないいんやしなぁ」

楽屋で事情を聞いた松濤はため息をつくと、まむしドリンクをストローで一気にすすった。よくよく考えてみれば、憶測でものを言っているにすぎない。

「でも、本番中に朱雀兄さんの邪魔をしてるのは、袖にいる人間はみんな見てます！　あんなこと絶対許せません！」

松濤の肩をもんでいた吉村紅濤《こうとう》が援護射撃をした。

「朱雀の実力と人気に嫉妬するあまり、その弟弟子にまで嫌がらせか。この世界、多少の足の引っ張り合いはあるちゅうわけやが。それも修業のうちと言えば、うちやけんどなぁ」

松濤は、「よろし」と紅濤に肩もみを止めさせた。

「ほなら、これから美津雄はんにおおてくるわ」

寂寿の師匠、桐谷玉寿を飛び越して、寂寿の父親とはいえ協会会長へ直々に物申すという予想外の展開に達也はおののいた。

「あのネズミ、己の醜い感情で舞台を乱しおってからに」

松濤の目が明らかに怒りを湛えている。こうなってしまってはもう誰も止めることはできない。松濤は肩で大きく風を切りながら楽屋を出て行ってしまった。事態が余計に大ごとになりそうな嫌な予感に、達也は頭を抱えた。

「お疲れさま」

振り向くと、白いシャツにグレーのパーカーをはおった私服姿の朱雀が楽屋から出ようとしていた。

「お、お疲れさまでした。すいません、片づけがまだ途中でした」

達也が立ち上がろうとすると、

「いいよ、僕がすませといた」とさらりと言われてしまった。

「もう、いやになった？」

朱雀の唐突な問いかけに達也は思わず頭をぶるぶると横に振った。

「そんなことないです！　全然ないです！　俺、こんなことで辞めようなんて思いませんから！

逆にますますやる気になったっていうか」

「そう……」

朱雀は安心したように笑った。

「でも、舞台の上での嫌がらせだけは許せません。いくらなんでもあいつ、やりすぎですよ！」

達也は怒りに任せてつい声を荒らげてしまった。先輩をあいつ呼ばわりしたことに気づき、慌てて手で口を押さえたが、朱雀はそんな達也を注意しなかった。

「……智男《ともお》さんは可哀そうな人なんだよ」

「智男さん？　寂寿さんの本名ですか？」

「うん。ああいう性格だけど、あの人はあの人なりに一生懸命なんだ。でも……」

朱雀はそこで言葉を切ると、ふうっと息をついた。

「人形に愛されてない」

普通に聞くと違和感がある言葉も、朱雀が口にするとそれを感じないから不思議だ。朱雀にはどこか浮世離れした雰囲気があるからかもしれない。

「じゃあ、僕は帰るね。お疲れさま」

朱雀はすっと踵《きびす》を返し、歩きだした。達也は慌てて後を追った。

「あの、朱雀兄さん！　俺……」

呼び止める声に朱雀が振り向く。

「休みもあまりないし、稽古は厳しいし、毎日つらくないって言えば嘘になるんですけど、でも俺も父さんや兄さんたちみたいに人形を遣ってみたい。そしていつか師匠や朱雀兄さんと主遣いで共演できるようになりたいって、それだけを目標にしてるんです。それに、俺、朱雀兄さんみたいな素晴らしい人のそばにいられて、すごく幸せです！」

勢い余って思いのたけをぶつけてしまった恥ずかしさが、あとからこみ上げる。顔だけでなく、体中が熱くなって汗まで流れ始めた。

そんな達也の顔を朱雀はじっと見つめた。今までならここで微笑んでくれるところなのだが、今日は少し様子が違う。強く、心の奥底まで見透かすような朱雀の目に達也はデジャブを覚えた。

「ありがとう」

ふいに聞こえた声に、頭に浮かんでいたものがかき消された。

「でも僕は、君が思うような素晴らしい人間じゃないよ」

そう言うと、朱雀は楽屋口から出て行った。

達也は朱雀の姿が消えても廊下にぼうっと突っ立っていた。朱雀の言葉が頭から離れない。この世の中に完璧な人間なんていないのはわかっている。だけど……。

自分にとって朱雀は憧れの存在、いやそれ以上であるだけにそう思い込んでしまっていたのかもしれない。振られたような気分に寂しさが募り、達也は重い足取りで楽屋に戻った。

　健二が劇場を出てからかれこれ三時間が経った。劇場から神楽坂までは電車で片道十五分もからない。それに松濤の屋敷は駅から十分以内の距離だから、もうとっくに戻って来ていいはずなのに。何かあったのだろうか。まもなく日付が変わろうとしている。達也が落ち着かず、うろうろと楽屋の廊下を歩いていると、

「おや、松濤さんとこの。まだいたんですか」守衛さんに声をかけられた。事情を話すと、「智男ぼっちゃんがまだいるんですよ」と、ぼやき声。

「寂寿さん、楽屋にいるんですか？」達也の顔がひきつった。

「いったん楽屋を出られたんですけど、五分くらい前にまた戻ってきたんです。女連れて。でかいサングラスかけてましたけど、ありゃあ美人ですよ。銀座のホステスですかねえ」

　守衛さんは困ったと言いながらも興味ありげににやけている。

「楽屋を連れ込み代わりにするような息子さんじゃあ、お父上がかわいそうだ」

　かわいそう――。朱雀の言っていた「可哀そう」と守衛さんが言う「かわいそう」は、同じ音の響きなのにまったく意味が違う。

「僕が出る時に寂寿さんがまだいるようだったら声をかけますから、部屋に戻って仮眠しててください」

そう促すと、守衛さんは何度も頭を下げながら守衛室に戻っていった。

それにしてもなぜこんな時間に寂寿は楽屋にいるのだろう。しかもホステスを連れ込むなど、いくら協会会長の息子でもこれは本当にやりすぎだ。達也の頭にかあぁっと血が上った。これ以上、ひとりの男のために舞台を汚させるわけにはいかない。寂寿は先輩で、健二の兄弟子だが、そんなことなど関係ない。会長や松濤からだけでなく、自分からも一言言ってやらないと気が済まなくなってきた。達也は力強く階段を踏みしめながら三階に上がった。しいんと静まりかえった廊下は暗く、寂寿の楽屋から灯りがもれている。達也は鼻息を荒くして部屋に近づいた。すると、

「いやっ、やめて！　離してぇ！」

若い女の叫び声がした。尋常ではない雰囲気に慌てて暖簾をくぐり、襖を開けた達也の目に飛び込んできたのは、女を組み敷いている寂寿の姿と白い太ももだった。

「なっ、なにをしてるんですか！」

達也の声に振り向いた寂寿は目玉が飛び出そうなほど目を見開いている。ネズミが驚くとたぶんこんな顔になるだろう。健二にも見せてやりたいと思った達也だったが、組み敷かれた女の顔を見て今度は自分の目玉が飛び出そうになった。

「ゆ……由良……さん？」

それは間違いなく由良だった。着物姿ではないので一瞬わからなかったが、顔は確かに由良で

ある。由良は達也を見るなり寂寿を突き飛ばすと、たくしあげられたスカートを慌てて下ろし、露わになった太ももを隠した。そして、呆然としたままの寂寿に平手打ちすると、ブラウスの乱れを直し、バッグをつかんで達也のそばへと駆け寄った。

「おおきにぃ」

煙草と酒の匂いがした。

由良の黒目がちの大きな瞳が達也の顔をじっと捉える。すこし荒い息遣い。乱れた髪が汗ばんだ顔にはりついて、なんとも言えない妖しさを漂わせている。達也が目を逸らすと、由良はくすっと笑い、足早に楽屋を出ていった。

遠ざかるヒールの音が響く楽屋に、男がふたり取り残された。

「ワレ、今のこと言いふらしよったらいてまうど！」

悪びれることもない態度に、達也の頭にまた血が上った。

「楽屋をラブホ代わりにしてる奴の脅しなんか全然怖くありませんよ。明日、俺はこのことを会長に直々に言うつもりです」

「なんやとお！」

寂寿は達也に飛びかかるが身をかわされ、べったりと床に倒れこんだ。その姿はネズミというより車に轢《ひ》かれた蛙のようだ。達也は寂寿の前に立ちはだかると、声を荒らげた。

「くだらねえ嫌がらせであんたにはムカついてんだよ！　会長の息子だからって調子にのるんじ

ゃねえ！　それに由良さんにしようとしたことは完全に犯罪だ！　あんたは人間としても男としてもサイテーだ!!」

怒りと興奮で体が大きく震えた。寂寿の目が憎々しげに達也を睨んでいる。どう見ても反省するようなそぶりはない。この期に及んでまだ強気の姿勢でいるのか。もう一言言おうとしたとき、

「由良、あいつから誘うてきたんやで」

寂寿の言葉に開きかけた口が思わず閉じた。

「あいつ、ああ見えてめっちゃ遊んでるんやで。ワイの前は三味線の鶴山清市《つるやませいいち》兄さんとつきおうてたんや。そのおかげで清市兄さんは離婚。清市兄さんは由良と結婚するつもりでおったけど、『うち、そないなつもりやなかったの』ってポイや。捨てられた清市兄さんは三人の子供の養育費とマンションの支払いで首が回らんようになって半ばノイローゼ状態。その前は、太夫の豊玉《とよたま》菊国《きくくに》兄さん。その前は人形の吉村和丸《よしむらかずまる》兄さん。そんだけや飽き足らず新人の技芸員もつまみ食いしとるらしいぞ」

寂寿はよろよろと立ちあがりながら、信じられないという顔の達也をせせら笑うように見た。

「あれはただの男好きちゅうもんやない、セックス依存症や。楽屋でやるのがえらしいで。さっきもお前に色目つこうてきたやろ。明日あたり誘われ……」

その言葉が終わるか終わらないかのうちに、達也の拳が寂寿の顔を打った。太った体がぶつかり、加湿器やら座卓やら楽屋花やらがなぎ倒される。

「なっ、なにすんねや！　ワレぇ！」

押さえた鼻から血が滴っていた。ぼたぼたと落ちてくる鼻血が次第に口に入って、出歯を赤黒く染める。殴られてうろたえる姿はとても四十過ぎの男には見えない。よほど甘やかされて育てられたのだろう。

「とにかく、俺は明日会長に会うからな」

達也が捨て台詞を残し、楽屋から立ち去ろうとした時だった。後頭部に鈍い痛みを感じ、その場に前のめりに崩れ落ちた。

「いっ……てぇ」

薄れてゆく意識の中で、達也は誰かに両脇を抱えられたような気がした。鼻血にまみれた寂寿がにやにやと笑う顔がうっすらと見えたところで、意識は途切れた。


それからどれくらいの時間が経ったのか。

寒さを感じ、達也は目を開けた。まだ痛む頭の後ろを押さえながら半身を起こすと、まわりを見回した。

「……な、なに……？」

あたりは真っ暗で、達也は自分がどこにいるのかわからない。徐々に目が慣れてくると、目の前になにやらうっすらと白い塊が見えた。

「う、うわああっ！」

薄暗い視界に飛び込んできた光景に、思わず叫び声をあげた。

何十もの人形の首《かしら》が首立《かしらた》てに陳列されている。普段見慣れている人形の首だが、暗闇の中に浮かび上がる白い顔が一斉にこちらを見ているような光景は不気味だった。

首がたくさんあるということは、ここは劇場の地下三階にある首倉庫だろう。研修生になりたてのころ、劇場見学で来たことを達也は思い出した。修復ができなくなった傷んだ首や小道具をここに保存してあるのだ。たしか、奥のほうには人形の魂を祀る神棚もあったはず。

それにしてもさっきから寒気がとまらない。水温む春とはいえ、まだ浴衣姿で寝るには寒すぎる。このままでは風邪をひきそうだ。草履ばきの指先が冷たい。達也は体を抱えるように両腕をさすった。

なんで自分はここにいるのだろう。寂寿の楽屋を出ようとした時、後ろから頭を殴られた。倒れた時に寂寿の顔が正面にあったから、殴ったのは寂寿ではない。そもそも、こんなところに自分を閉じこめてなんになるんだ。

だが、それよりも気になるのが、由良のことだ。未遂に終わったとはいえ、なんだってあんな中年太りなんかと……。達也の頭の中を寂寿の言っていた「セックス依存症」という言葉が駆け巡る。

――僕は君が思うほど素晴らしい人間じゃないよ。

朱雀の声が脳裏をよぎる。傍から見れば清楚なお嬢様でも中身は淫乱女だったというように、見かけだけで人を判断してはだめだということはわかっている。

達也はため息をつこうとしたが、代わりにくしゃみが二連発で出た。とにかく、今は由良のことよりもここを出る方法を考えねば。

手探りでなんとかドアまで辿り着き、近くにあったスイッチを押して灯りをつけると、ドアノブを回した。だが、鍵がかけられているようで開かない。今度はドアを強く叩いた。

「守衛さん！　開けてください！　守衛さん、開けてくれよぉ！」

何度叫んでも、ドアを叩いてもまったく反応がない。考えてみれば地下三階から地上階まで音が届くわけがない。それに、寂寿が守衛さんに劇場に鍵をかけさせたとも考えられる。達也は力なくドアによりかかった。

「まったく、なにやってんだか」

それでもここで朝を迎えるわけにはいかない。さっきよりも体の震えは大きくなり、歯がガチガチと音を立て始めた。寒気とくしゃみが止まらない。

「まずいな……風邪ひいたかも」

そうなると、劇場に出入り禁止となる。高齢の出演者にうつると大病を併発する恐れがあるので、風邪をひいた者は即座に業務や出演を退くことになっている。達也は頭を抱えた。それでなくても技芸員不足なのに、風邪なんかひいて仕事に穴をあけるわけにはいかない。だが、窓もない部屋からどうやって逃げだせばいいのか、まったく知恵が浮かんでこない。こういう時、携帯電話があれば少しは状況を打破できたかもしれないのに。自分で決めたこととはいえ、後悔が一気に押し寄せてきた。

「腹……減ったなあ」

時計を見ると、あと二分で午前三時になろうとしていた。本番前に弁当を食べたきりなので、かれこれ十五時間以上物を食べていない。そう意識したら余計に腹が減ってきた。今は脱出する方法を考えなくてはならないのに、頭の中には食べ物のことばかり浮かんできてしまう。

「俺って緊迫感ねえよな……」

と思ったとき、冷たい床の下から何かが突き上げるような感覚を覚えた。その揺れの大きさに、達也は思わず四つん這いになる。

小道具の棚ががたがたと大きく音をたて、首立てに挿されていただけの首はすべてはずれてあたり一面に散らばった。ゆっくりと横に揺れる地面に、達也は恐怖のあまり頭を抱えて固く目を閉じた。

やがて揺れは少しずつおさまり始め、徐々に感じなくなってきた。ほんの一、二分弱の出来事なのに恐ろしく長く感じた。地震は珍しくないが、こんなに大きな揺れは久々だ。震度四くらいかもしれない。達也は立ち上がると、一面に散らばった首を見た。まるで惨劇のあとのような光景である。どうやら今やらなければいけないことは脱出方法を考えるよりも、首の片づけのようである。

首の種類は男が約三十種、女が約十種、特殊な役専用のものが約十種ある。若者、老人、悪役、娘に既婚女性、老女に遊女、この世に住む人間そのままに首がある。達也はひとつひとつ床から拾い上げると、首立てに挿していった。数々の演目を長い年月演じ大業を終えた古い首には、安堵の表情が浮かんでいるように見えた、次の瞬間。

突然、ガタン！　と明らかに何かの落ちる音が部屋じゅうに大きく響いた。達也の体がびくり、と跳ねた。音がした方向は部屋の奥だ。もしかしたら神棚に供えられていた何かが揺れのはずみで落ちたのかもしれない。達也はゆっくりとそこに近づいていった。

達也の身長から約三十センチほど上のところにある神棚は縦五十センチくらいだろうか。実家の母が仏壇屋の前を通るたびに「あれが一番値段の高い神棚だよ」と指さしてよく言っていた、檜の三社造りだ。お供えしている榊《さかき》の葉が枯れていないところを見ると、誰かがまめに取り換えているのだろう。

下を見ると、二十センチ四方の漆塗りの箱があった。箱に貼られていたとおぼしきお札が剥がれており、蓋も割れている。しかし、こんな立派な漆塗りの箱にいったい何が入っているのだろう。

「あけたら煙が出てきたりしてな」

達也は箱を手に取ると、割れた蓋をあけた。紫色の絹の布に包まれているものには、大きさにも形状にも見覚えがある。

「あ……」

絹の布から現われたのは、傾城《けいせい》の首であった。

だが、何十もある首の顔はすべて頭の中に入っているのに、この傾城は見たことがない。漆黒の結髪に惜しげもなく挿されているかんざしを見て驚いた。

「この鼈甲と銀……本物だ」

他の女形《おんながた》の髪とは違い、傾城の髪にはいくつものかんざしや笄《こうがい》、髪飾りが施されているものだが、それはみなプラスティックで本物を使うことはまずない。

「この傾城、なにもんなんだ？」

達也は箱から首を取り出した。太く張りのある眉に鼻筋の通った整った顔かたち。ちいさく開いた紅い唇。下唇には黒子。

これは人形の顔ではない、と達也は思った。まるで誰かに似せて作ったような顔だ。切れ長の瞳は、達也を見つめかえしているようだった。

「きれいだ」

達也は思わずそう呟いていた。由良の小悪魔的な美しさでも神崎真琴の冷ややかな美しさでもない、日本の女性が持つ本来の美しさがその傾城にはあった。知らず知らず指が傾城の顔に伸び、輪郭をゆっくりと滑ってゆく。まるで生身の女の肌のような感触だ。結いあげた髪を撫でていると、一瞬、傾城の目がうっとりと閉じたように見えた。

達也はそこで我に返った。このまま見つめ続けていると、魂まで抜かれてしまいそうに思えたからだ。

「きっとお前は男を惑わす悪い女なんだな」

達也はそう言うと、浴衣の裾で傾城の顔を拭いた。公演が終わった後、絹の布で人形の顔を拭くので、ついそうしてしまったのだった。

顔を拭き終わった首を絹の布にくるんで箱に仕舞っていると、突然、ドアノブが回る音が聞こえた。

「しゅっ、守衛さん!?」

達也は箱を抱えたまま、ドアに駆け寄った。それと同時に勢いよくドアが開いた。

ガンッという音に続いて激痛が走り、達也は額を押さえてその場にしゃがみこんだ。

「あなた……なんでここにいるの？」

頭上から聞こえてきたのは女性の声だった。見上げると、神崎真琴がそこにいた。ジャージ姿でいかにも急いで家を飛びだしてきたという恰好だ。階段を駆け降りてきたのか、息が上がっている。

「神崎さんこそ……どうして……ここ……いっ……てえ」

真琴の姿に驚き、達也は立ち上がろうとしたが、激痛に耐えられず再びしゃがみこんだ。

「さっきの地震で首が倒れなかった？」

真琴は達也の様子を気にすることもなく、部屋の中央まで歩いてゆく。

「あれだけの揺れでしたもん、みんな倒れましたよ。でも全部挿しておきましたから」

達也は痛む額を押さえながら立ち上がった。真琴は達也を一瞥もせずに首立てに挿してある首をひとつひとつ確認する。

「ありがとう。でも、挿す場所が決まってるの。全部やりなおしね」

「あ……そうですか……すいません」

なんだよ、こっちは寒さと空腹で死にそうだったってのに片づけてやったんだぜ。達也は心の中で舌打ちをすると、真琴の視線が自分の手元にあることに気がついた。傾城の首が入っている漆塗りの黒箱をじっと見ている。

「ねえ、それ。なんで蓋が割れてるの？」

「首を片づけていたら、いきなり、ガタンッて大きな音がして……」

「もしかして、中、見たの!?」

「え？」

「箱の中身、見たの？」

つめ寄る真琴に達也は後ずさった。眼鏡の奥の目が射るようにこちらを見ている。嘘やごまかしは通用しそうにない。

「見ました……蓋が割れてるから、それでつい」

「ああ……」

顔を手で覆った真琴を見て、達也は急に不安になった。

「あの、見たらまずいものなんですか？　この傾城の首」

「あなた、『しだれ桜恋心中』って演目知らないの？」

「『しだれざくらこいしんじゅう』？　さあ……」

首を傾げる達也に真琴は半ば呆れたようなため息をつき、目を伏せた。

「作者不詳の世話物なんだけど、ここ六十数年間、演じられてない演目なの」

「六十年以上も？　……もしかして、見ると死んじゃうとかそういう系の」

「そういう系なの、この演目は」

冗談半分で言った言葉が本当のことだとは信じられなかったが、真琴の態度から察すると、どうやら嘘ではないらしい。それが本当のことだとしても、そんな話は師匠も、朱雀も、研修所の先生たちも話してくれなかった。途端に背中がぞくぞくした。

「ねえ、あなた今、顔がすごく赤いんだけど、大丈夫なの？」

真琴の声が遠くに聞こえる。

「はぁ……なんかクラクラしてきて……ます」

額の痛みと寒気と空腹が一気に押し寄せて、達也は箱を抱えたまま床にばったりと倒れ込んだ。

見なれた天井がぼんやりと目に映った。寝返りをうつと、枕の横に何十本もの栄養ドリンクとまむしドリンクがずらりと並べられていた。

「それ全部飲んで早く風邪を治せって、師匠がおっしゃってましたよ」

お手伝いの田中さんがケラケラ笑いながら水枕を換えにきた。熱はひいたようだが、体の節々がまだ痛む。

「俺、どうやってここに……」

「真琴ちゃんがタクシーで連れてきてくれたのよ。風邪がうつるといけないからって、さっさと帰っちゃったけど」

まだはっきりしない頭の中にジャージ姿の真琴が現われた。脱力した男の体をよく地上階まで運べたものだ。ああ見えて、ものすごく力持ちなのかもしれない。

「久しぶりに会ったけど、また綺麗になって……あれで左頰の火傷の痕さえなければねえ」

「え……火傷？」

達也が聞き返すと、田中さんはハッとしたように小さく舌を出した。

「人づてに聞いたんだけど、昔、家が火事にあったらしいのよ。それで火傷の痕も手術すれば治るって言われたのに、真琴ちゃんったらこのままでいいって」

「……そうなんですか」

ひとつに結んだ髪を顔の左側に下ろしていたのは、火傷の痕を隠すためだったのか。真琴の人を寄せつけない雰囲気は、そのせいなのかもしれない。でも、手術すれば治ると言われたのになんでしないいんだろう。綺麗な顔立ちなのに……。

「じゃ、達也ちゃん、おかゆを電子レンジの中に入れておいたから、お腹すいたらチンしてね」

田中さんは取り換えた水枕を抱えると、襖を開けて出て行った。パタパタと急ぐスリッパの音。

壁掛け時計を見ると、三時五十五分を指していた。あと五分で田中さんのパートタイムが終わる。換えたばかりの水枕の冷たさが気持ちいい。喉の渇きを覚えたので半身を起こし、栄養ドリンクを二本、一気飲みした。

「女ってわかんねえなあ」

さらにまむしドリンクに手を伸ばし一本、二本と飲み干すと、また横になった。

その夜、夢を見た。

桜の下で由良と真琴が手をつないで達也のまわりを廻っている。ふたりの女が「かごめかごめ」を歌い、笑いながらくるくると廻る。はりついたような笑顔に不気味さを感じ、少し恐ろしくなった達也は輪から逃げようとしたが、繋いだ手は鎖のようにがっちりと固く、どんなに突破しようとしても逃げられない。くるくると廻る輪はやがて桜吹雪となり、達也は身動きが取れないまま吹雪に埋もれていった……。

達也が劇場に戻ったのはそれから二日後のことだった。

「おはようございます」劇場入口の守衛さんに挨拶すると、小さな声で「大変だったね」と声をかけられた。

楽屋に入り、大きく息を吸い込む。たった二日来られなかっただけなのに、久しぶりな気分だ。早速着替えようとすると、座卓に置かれた白い封筒が目に入った。封筒を手にとり封を破こうとしたとき、後ろから清武の声がした。

「達也ちゃん、おはよう。具合はもうええのんか？」

「おはようございます。おかげさまで今日から復活です。ご心配おかけしてすいませんでした」

清武はいきなり体を寄せると、頭を下げようとする達也の耳元に顔を近づけた。

「寂寿、無期限の謹慎になったで」

「ええっ……！」

「当たり前や。朱雀だけやのうて達也ちゃんにも嫌がらせしよって。おまけに由良お嬢さんに乱暴しようとしたんやろ？　まあ、あれは前からいろいろあるお嬢さんやったからな。でもま、松濤兄さんが会長にガツンとゆうてくれはったおかげで皆喜んどる。さっすが人間国宝や」

そう言うと清武は自分の楽屋に戻って行った。しかし、無期限の謹慎とは厳しい処分だ。会長の怒りの度合がわかる。そうなると、健二は……。

達也は手にしたままの白い封筒の封をちぎり、入っていたレポート用紙を急いで開く。お世辞にもきれいとは言えない文字が目にうつった。

お前の黒衣破いたのも、草履にカッターの刃を仕込んだのも、お茶の葉ばらまいたのも、服を破いたのも、後ろから頭殴ったのも全部俺です。ごめんなさい。でも、最後にいいわけさせてくれ。お前が憎くてやったんじゃない。寂寿兄さんに、やればお役ができるように口をきいてやるって言われて、どうしようもなくなってやったんだ。こんな俺、だめだよな。だから、辞めます。お前には本当に世話になった。楽しかった。元気でな。がんばれ!!

三上健二

「!!」の文字が滲んでいる。同じ人形遣いとしてライバルであり親友だと思っていた健二からの思いもよらない告白に、達也は呆然と立ちすくんだ。

それから重い気持ちを引きずったまま、楽屋の掃除を始めた。世の中に表と裏があるように、夢の世界にもそれがあることを思い知らされたような気がした。人形遣いとして長い年月を過ごしていく間に、あとどれだけこのような思いをするのだろうか。達也は切なくなった。

「おはよう」

朱雀の声がした。風邪をひいている間は部屋から出ることを禁じられていたので、顔を見るのは二日ぶりだ。

「おはようございます！　二日間、ご迷惑をおかけして申し訳ありませんでした。これからは今以上に健康管理に気をつけていきますのでよろしくお願いいたします！」

頭を畳にこすりつけんばかりに手をつくさまに、朱雀は困ったように笑った。

「健二くん、残念だったね」

健二と仲がよかったことは朱雀も知っていた。達也は泣きそうな顔を見られたくなくて顔を上げることができなかった。朱雀がほうじ茶を入れたのか、香ばしい香りが漂う。

「でも、彼は君をおぶって一階まであがってタクシーに乗せてくれたんだよ」

「え……？」

達也は反射的に顔を上げた。

「いくら真琴が力持ちでも、脱力した男をおぶうことなんかできないよ。彼は地震で君のことが心配になって劇場に戻って来て、真琴とはち合わせたらしいよ」

「そうですか……」

涙が滲み始めた。なんとか我慢しようと唇をぎゅっと噛んだが、だめだった。

「今までずっと一緒に……がんばってきたのに……健二、あいつ……バカ野郎」

頬を何本もの涙の筋がつたう。鼻水も垂れてきた。腹が立ちすぎて、悲しすぎて、やりきれなくて、寂しすぎて、拭うことを忘れてしまった。

「俺、あいつのぶんまでがんばります。それで立派な人形遣いになって、途中で諦めたあいつを悔しがらせてやります……」

涙と鼻水でぐちゃぐちゃになった顔を見ても朱雀は笑わなかった。ティッシュボックスから二、三枚ティッシュを取り出すと達也に差しだした。達也は頭を下げながら黙ってそれを受け取り、急いで鼻をかんだ。

「じゃあ、思い切り悔しがらせないとね」朱雀はほうじ茶をひとくち口にふくんだ。

「寂寿兄さんがやってた僕の左。昨日まで徳寿《とくじゅ》兄さんにやってもらってたんだけど、どうも合わないんだ。だから、今日から代えてもらおうかと思って」

「そうなんですか」

誰がやるんだろう。淡濤《たんとう》兄さんか秀濤《しゅうとう》兄さんかな。達也はもう一度鼻をかんだ。

「それでさっき師匠に相談したら、君が左をやればいいんじゃないかっておっしゃって、僕もそれがいいと思ったんだ」

さらりと言われた言葉の中で、なにかとてつもないことを耳にした気がする。気のせいだろうか。ぼんやりしている達也に朱雀は笑いかけた。

「だから吉村孔雀、今日からよろしくね」

「……え……あの、今なんて」

「だから吉村孔雀、今日からよろしくね」

「いや、それじゃなくて、その前……」

「さっき師匠に相談したら、君が左をやればいいんじゃないかっておっしゃって、僕もそれがいいと思ったんだ」

「……」

「……」

「ええええっ！」

続けて何かを言おうとしたが、口が動くだけで言葉が出てこない。そんな達也をまったく気にせず、朱雀は長着を着始めた。達也は立ち上がり着付けを手伝おうとしたが、指が震えて袴の紐がうまく取れない。

「師匠が会長や太夫と三味線の兄さんたちに話してくれているから大丈夫」

「でも、俺、できま」

「できる！」

こちらの言葉を遮るような、いつも穏やかな朱雀からは想像もできないくらいの強い声だった。

「今日までの修業で嵐丸の動きは君の頭に入っているはずだ。それにこないだまで舞台の袖で僕の動きを見ていたから、『頭《ず》』の出し方も見ているだろう。君は今日から僕の体の一部だ。わかったね？」

朱雀は達也の腕をぐいと摑むと、体を引き寄せた。今まで見たことのない抉《えぐ》るようなまなざしに、ますます体が震え上がる。

「俺……俺……まだ足遣いだし、それに、朱雀兄さんの左だなんて、そこまで才能ないし、できませんよ!! 他にできる人、俺なんかより上手い人がここにはたくさんいるじゃないですか!」

達也は頭を横に大きく振ると朱雀の腕を振りはらい、床にぺたりと座りこんだ。弟子入りして三年、足遣いでまだ十年にほど遠い自分にいきなり左遣いをさせるなんて、無茶過ぎる。しかもそれを本番二時間前に本人に告げるとは。たとえ会長から許しを得たとしても、できないものはできない。こんな絶対的不利な状況のなかで左遣いとして舞台に上がりたくない! 達也は反抗と抗議の意味を込めて朱雀を睨みつけた。そんな達也を見て朱雀は微笑んだ。

「大丈夫だよ、孔雀」

そう言うと細く長い指で達也の顎を捉え、息がかかるほどに顔を近づけた。さきほどの厳しい表情とは違って包み込むような優しい目。だが、瞬きもしない目にはなにか妖しい光が灯っているように見えた。

「君は人形に愛されてる」

寂寿が人形に愛されていない、と言った朱雀の言葉を思い出した。

「……俺は、愛されてるんですか」

朱雀は深く頷いた。

「これから開演五分前まで稽古をするよ。僕の体の流れを頭に入れるんだ、いいね?」

そうだ、泣こうがわめこうが幕は上がる。ショー・マスト・ゴー・オン。どうにでもなれ！まな板の上の俺。

達也はすっくと立ち上がると、唇を結び、目をつむって両頬をバチバチと叩いた。その時、暖簾から松濤がひょっこりと顔をのぞかせた。

「腹くくったんか？」と笑い、「ええか、左遣いは主遣いの女房みたいなもんや。旦那にええ仕事してもらうために女房は頭と心を遣うんや。三歩ひいて歩きながら三歩先を読むんやで。それがのちのち主遣いになったとき必ず活きてくる。左遣いをなめたらあかんで」と言うと、にこにこしながら楽屋を出て行った。

初めて楽屋手伝いをした時に似たような言葉を言われたのを思い出した。檄を飛ばすでもなく、いつもと変わらないのほほんとした調子に少しだけ緊張が解けた。

それからのことは無我夢中であまりよく覚えていない。

ふわふわとした雲の上を歩きながら、まばゆい光の中に吸い込まれていくようだった。

出番が終わり楽屋に戻ると、達也は黒衣の被りを取って床に跪《ひざまず》いた。噴き出た汗が頬を伝って顎からぽたん、ぽたんと落ちてゆく。

「終わった……」

息がまだ上がっている。想像以上の運動量の多さに今更ながら驚いた。

朱雀が主遣いを勤める「嵐丸」は、女性でありながら「轟丸」と戦うために男のふりをしているという設定なので、女性的な動きも男性的な動きもしなければならない。よって高い技術と相当な運動量が求められる。嵐丸が舞う「風の舞」は二分弱続くのだが、足遣いや左遣いは朱雀の動きに追いつくだけで精一杯だ。今から思えば、寂寿はよく舞台の袖でバスタオルで顔や体を拭っていた。フェイスタオルでは拭き取りきれないほどの汗が出るからだ。

「お疲れさま」

足遣いの桐谷竹寿《たけじゅ》の声がした。立ち上がろうとする達也に、竹寿はそのままでいなさいという手ぶりをした。

「いい動きしてたよ、孔雀くん」

歳は寂寿と同じくらいだろう。すこし離れ気味の目のせいで顔が蛙に似ている。健二は裏で「ケロ寿」と呼んでいた。

「いきなり今日、足遣いの君が左をやるって聞かされたときは、正直頭を抱えちゃったけど、やっぱり松濤師匠のお弟子さんだけある。大きなミスもなかったし、左遣いとしての初舞台は大成功だね」

竹寿は笑顔を浮かべて達也の健闘をたたえた。足遣い十五年の竹寿にとって達也の左遣いは複雑な思いもあるだろう。だが、同じ舞台に立った以上は、人形遣いとして舞台を全うする「同志」である。悔しさも芸の肥やし。達也に対して妬みや羨みを言うなど、竹寿のプライドが許さなかった。

「じゃ、また明日。お疲れさまでした」

「竹寿兄さんありがとうございました。明日もよろしくお願いいたします」

達也は閉まったドアに向かって手をつき、深々と頭を下げた。そして着替えをすませると松濤のもとへ向かった。

松濤は達也の顔を見るなり目を細めた。

「弟子の成長は師匠にとって大きな喜びや」

と言うと、ほかにああせいこうせいなどないまま、他の重鎮たちと夜の街へと繰り出してしまった。

朱雀は朱雀で「お疲れさま」と達也の肩を叩くと、これまたさっさと楽屋を後にした。一言でもいいからなにかアドバイスをしてくれたらいいのに。師匠や朱雀兄さんから見たらまだまだ穴だらけだと思うけど、俺は褒められて伸びるタイプなんだぜ。

達也は少しがっかりした気持ちになりながら鞄のストラップを肩にかけた。帰りにビールでも買ってひとりで乾杯するか、と楽屋のドアを閉め振り向くと、真琴が立っていた。

「か、神崎さん！　ああ、びっくりした。俺の後ろに立つな……って、ゴルゴは知らないか、ははは」

驚きを隠すようにギャグを飛ばしたが、真琴は無表情のままだ。達也の乾いた笑いがむなしく廊下に響いた。

「お疲れさま。話があるの。ちょっと来て」

「え……でも俺、今から帰ろうと」

「いいから来て」

問答無用とばかりの強い口調で達也をねじふせる。早い足取りで歩いてゆく真琴のあとを、達也は仕方なくついていった。そうだ、お礼を言わなくちゃ。

「神崎さん、こないだはタクシーで運んでくれてありが……」

話しかけても振り向こうともしない背中に「ありがとう」の言葉が途中で消えていった。真琴は非常階段の扉を開けると、もっと早く歩けと言わんばかりに達也を睨みつけた。

「なんなんだよ、あいつ……」

達也は渋々、早足で真琴のもとに向かった。真琴は達也を踊り場に押し込むようにして入れると、左右を確認してドアを静かに閉めた。

「どこ行くんですか」

「声を出さないで。あと、足音も立てないで」いきなり押し殺した声。

「え、なんで」

「しっ……！」

口に人差し指を立て、真琴はまた達也を睨んだ。その態度にムッとしながらも、達也は階段を降りる真琴を追う。それにしてもどこへ連れてゆくつもりなんだ。地下二階を通り過ぎると、達也の不安はますます大きくなった。

「もしかして、首倉庫に行くんじゃ……」

「そうよ」

その言葉と同時に真琴はドアを開けた。廊下に出て灯りをつける。それからフロアの奥まで歩き首倉庫の前に立つと、ジーパンのポケットに入れていた鍵を差し込み、ドアノブを回す。鈍い音を立ててドアが開いた。

首立てに挿された何十もの首があった。先日ここに閉じ込められたこともあって達也はあまりいい気分がしなかった。真琴には悪いがさっさと話を聞いて帰りたい。

「あの……話って何ですか」

真琴は灯りをつけると、達也の言葉に応えることなく部屋の奥に入って行った。また無視か。さほど仲も良くない、このあいだまでまともに口も利いたこともない人間に、なんでこんな態度を取られるのかわからない。

「神崎さん！」

達也は思わず声をあげた。

「俺、今日はいろんなことがありすぎて、すごく疲れてるんです。それに舞台のことで頭がいっぱいで人の話なんか聞ける余裕はありません。だから今の俺に話をしても無駄だと思います。もう帰りますから。お疲れさまでした！」

一気にそうまくしたてると、ドアノブに手をかけた。

「達也くん、待ってよ！」

いきなり名前を呼ばれて思わず足が止まった。部屋の奥から真琴が駆け寄ってきた。

「お願い、待って」

すがるような瞳にどきりとし、ドアノブから手を離した。

「話があるのは私じゃないの」

「え？」じゃあ、いったい誰が。

「話があるのは彼女のほうなの」

「彼女？」

真琴のほかに床山の女性スタッフがいるのは見たことがない。真琴は部屋の奥にまた引っ込むと、一体の人形を抱えてすぐさま達也の前に戻ってきた。

「桔梗花魁があなたに話があるそうよ」

その人形の首には見覚えがある。あの漆塗りの黒い箱に仕舞われていた傾城だ。

いわくつきの演目、『しだれ桜恋心中』の——。達也は後ずさった。

桔梗花魁と呼ばれたその人形は、しだれ桜と手鞠、風車が画かれている黒地のちりめんの打掛を表に重ね、鳳凰の刺繡を施した金色の帯が地面につかんばかりに垂れた花魁道中の着物に身を包んでいた。何本もの鼈甲のかんざしと櫛、そして桔梗の花を模《かたど》った銀のかんざしが伊達兵庫《だてひょうご》の髪を華麗に彩る。首だけでも充分美しいのに、拵えた姿には人間の花魁と見まがうばかりの迫力に満ちた美があった。

しかし「話があるのは彼女のほう」だという真琴の言葉の意味がわからない。

「なに言ってるんですか！　人形が俺に話があるわけないでしょう！」

怒りが混じった達也の声を、真琴は静かに聞いていた。一言でも言い返してくれればまだいいのに。なんで黙ったままなんだよ……。達也の怒りは次第に大きくなっていった。

「ガキでも騙せませんよ、こんなくだらねえ冗談じゃ。もしかして俺のこと、バカにしてんですか！」

とうとう最後は怒鳴ってしまった。心の中で「やっちまった」と思ったが、もう遅い。気まずい空気と薄気味悪さ、そして沈黙に耐えきれず、達也はドアノブに手をかけた。そのまま振り向かずに廊下に出ようとした時。

「わちきは男を惑わす悪い女」

ゆっくりとした艶やかな口調の、聞いたことのない声がした。怒りが募った達也は真琴に向かって声を荒らげた。

「神崎さん!!　腹話術なんかして、いい加減にしてくれま……」

その時、頭の中に首倉庫に閉じ込められた夜の出来事がよみがえった。

——きれいだ。

俺は傾城の首を見て思わずそうつぶいやいた。

——きっとお前は男を惑わす悪い女なんだな。

そして俺はその後……。

「顔をぬぐうてもろうたのは久しぶりでありんした。が、浴衣の袖でぬぐわれるのはいやでありんしたなぁ」

そうだ。俺はこの人形の顔を浴衣の袖で拭いた。それは神崎さんがここに来る前の出来事で、俺とこの人形しか知らないことだ。達也の背中に悪寒が走った。

「お前……まさか……」ごくりと唾を飲み込み、「しゃべれる……のか？」

そして次の瞬間、達也は確かに見た。桔梗が頷き、微笑むのを。

真琴は桔梗をふっくらと膨らんだ赤い座布団の上に置いた。桔梗はゆっくり腰を下ろすと、足を少し崩しながら金色の地に紺色と緑の亀甲模様が入った脇息《きょうそく》にもたれた。そして桜が描かれた扇を少しだけ広げて口もとにあてると、顎を引き、上目づかいでこちらを見た。

達也はその動きに目を見張った。

文楽の人形で、立役《たちやく》の体は糸瓜《へちま》でできた紐で肩の部分から手が吊られ、足は胴体の部分から伸びた紐で吊られているので、一般的な人形とは構造が異なる。女形の人形の造りはもっと簡単で、肩から吊られた手と胴体だけで足がない。

そんな足のない女形の人形が、自分で「ゆっくりと腰を下ろし、足を少し崩しながら脇息にもたれた」のだ。まるで誰かが後ろで動かしているような、いや、それ以上の人間そのものの動きを、達也は自分の目でしっかりと見た。そして、まるで品定めするようなあの目つき。それはもう人形の目ではなかった。達也は両手で頬をぱちぱちと強く叩くと、頭を横に振った。

「お前……本当に……人形なのか？」

「わちきはただの人形ではござんせぬ」

パチン！　と扇面を閉じた音がした後、ひゅっと何かが飛んだ。すると、扇が達也の眉間をこつん、と突いて落ちた。真琴が堪らずに噴き出す。笑われた恥ずかしさとバカにされた怒りで達也の顔は真っ赤に染まった。

「お、おい！　お前、なにすんだよ！」

桔梗はすっくと立ち上がった。

「江戸は吉原仲之町《よしわらなかのちよう》、その名も轟く富倉屋《とみくらや》桔梗花魁とは、わちきがこと！」

腹の底から出たような張りのある声で桔梗が名乗った。花魁の誇り高さが、艶やかな美しさをまた一段と際立たせる。桔梗は再び腰を下ろし、達也を見ると、

「それに、わちきはおまはんに『お前』呼ばわりされる覚えはありんせん」と言って、つんと横を向いた。

「は？」

「人形遣いの主はわっちら、人形でございす。じゃのに、わっちらがおまはんがたを操っている

ことにも気づかずに心得違いをしている人形遣いばかり。人形たちはみな、嘆いておりんした」

「そんなバカな！」

「おまはんは足遣いの分際でわちきに生意気を言いなんすか。ああ、こんな男に情けなどかけなければようございました」

「……情け？」

「きょうの舞台では体がよう動きましたでしょう？」

言われてみれば、ガチガチに緊張しながらもそのわりには体は……。達也ははっとした。

「まさか、俺に魔法かなにかをかけたって言うんじゃないだろうな」

「桔梗が情けをかけたのは最初の五分間だけよ。あとは達也くんの実力だから」

真琴がフォローするも、達也の頭はますます混乱した。髪の毛をぐちゃぐちゃと掻きむしると頭を抱えて床に座り込んだ。

「あれではいずれ、おまはんが自分には素質《すじ》があると心得違いをしましょうから、一言言うておこうと思うて、真琴に頼んでおまはんをここに連れてきてもろうたわけでござんすよ」

真琴が桜の皮で作られた手つきの煙草盆を差し出すと、桔梗はそこから煙管《きせる》を取り、細かく刻まれた煙草を丸めて火皿に入れた。手慣れたその仕草に達也の目は釘づけになった。流れるように優雅に動く白い指が人形の指であることも忘れてしまう。

「それに」煙管から煙が天井へと漂う。

「顔をぬぐうてもろうた礼も言いとうございました」

くゆらした紫煙の中に微笑む顔が見える。

「え……ああ……でも、あれはいつもやってることだし、そんな特別なことじゃあ……」

「心地ようござんした。おありがとうおす」

本当にそう思ったのだろう。桔梗は目を閉じて思い返すように話すと、深く頭を下げた。

さっきまでの勝ち気な態度が嘘のようだが、素直な気持ちで礼を言っているのがわかる。

人形が言葉を話している。ただ言葉を発するだけでなく、感情も含んだ会話が成立しているという状況も、桔梗と言葉を交わしているうちに違和感が少しずつなくなっていく。普段から人形に囲まれている時間が長いせいかもしれないが、達也はこの状況の摩訶不思議さを受け入れはじめていた。

真琴に目を向けた。達也の視線を感じたのか、真琴がこちらを見た。

「神崎さんはいつから人形と話すことができたんですか？　床山になってからですか？」

煙草を吸う桔梗を見ながら、達也は声を潜めて尋ねた。

「小六のころかな」

「えええっ！」

桔梗がいぶかしげにこちらを見た。真琴は達也の頭をぱしっと叩く。

「しっ！　声が大きすぎ！」

「だって『初恋はいつごろですか?』っていう質問に答えるくらいの軽さで言うから……でも、本当なんですか?」

「本当よ」

「驚かなかったんですか? いきなり話すことができて」

真琴は半ば興奮状態の達也に呆れているようだ。

「私が今まで生きてこられたのは人形と話せたおかげなの。だから人形たちには感謝してる」

真琴はそう呟くと、これ以上の追及を拒絶するようにドアに向かった。

「桔梗、私はもう帰るわ。達也くん、鍵は床山の部屋のドアの下に忍ばせておいてちょうだい」

ドアが閉まり、達也は奇妙な空間に一体の人形ととり残された。言葉を交わせるとはいえ、世間話をするわけにもいかない。ずっとドアを見つめたままの手持ち無沙汰な達也の横顔を見て、桔梗はふふっと笑った。

「惚れていなんすか」

からかうような目つきに達也はムッとした。

「惚れてるもなにも……」

「真琴は美しいおなごじゃからなぁ」

「そうじゃなくて!」

反論するも、顔が熱くなってきた。そんな達也を桔梗は面白がって見ていたが、煙をふうっと吐き出すと急に真顔になった。

「あれは、ああ見えて情け深い女でおすよ」

「……神崎さんが？」

桔梗がこっくりと頷く。

「いずれ真琴から話を聞くこともありましょうから、これ以上わちきからは話しんせん」

煙管を煙草盆の灰吹《はいふき》に打ちつけたカツンという音が、芝居の終わりを告げる拍子木のように聞こえた。

さっきまで言葉を交わしていたことが嘘のように沈黙がおりる。冷静に考えてみれば、人形と話をしているという考えられない状況に自分はいるのだ。達也は桔梗の顔をじっと見つめた。だが、見つめれば見つめるほど、「桔梗」という花魁が自分の目の前にいるような、不思議な感覚に捉われていた。

「おまはんも帰りゃれ」

その声に反射的に腕時計を見ると、もう午前零時をすぎている。

「こんなところに長居をさせ悪うございした。許しておくりゃれ」

桔梗は手をつくと、深く体を折った。「が、頼みがひとつありいす」

桔梗は胸元の合わせから桃色の布を取り出すと達也に差し出した。

「これで顔をぬぐうておくんなんし」

達也は桔梗から布を受け取った。小手鞠を散らした愛らしい柄の絹の布だった。

「おまはんは女を悦ばせるのがうまそうじゃわいな」

「どういうことだ？」

「あの夜、おまはんがわちきの顔を指でなぞり、髪を撫でた時、まるで抱かれているような心地でありんした」

桔梗はくすくす笑いながら上目づかいで達也を見た。

「なに言ってんだよ、人形のくせに！　ったく、なんなんだよ!!」

桔梗にからかわれ、顔がまた熱くなる。慌てて目を逸らした達也を見て、桔梗の目元がふっと緩んだ。

「わちきはおまはんが気に入りんした。これから仲良うしましょうぞえ、孔雀」

達也の目がもう一度桔梗を捉えた。緑がかった瞳に自分の姿が映っているのが見えた。

二

屋島達也の刺殺体が山陰の山寺で発見されてから三日が経った。

「横田さん、山吹署の宮澤さんから電話ですよ！」

その声に横田は寝ぼけ顔をあげると、大きな欠伸《あくび》をした。

仮眠室のソファベッドから体を起こして歩き出そうとしてすぐに、そばにあったテーブルの角に脛《すね》を思い切りぶつけた。

「!!」

弁慶の泣き所とはよく言ったものだ。あまりの痛さにうなり声すら出てこない。横田は顔を歪ませながら床にしゃがみこんだ。

「横田さん、電話ですよ……ってどうしたんですか!」

同僚の浅沼《あさぬま》がドアを開けるなり、横田にかけよった。まだ声を出すことができない横田は、必死の形相で脛を打ったことを訴えた。いつもの強面とは逆の、あまりにも間抜けな顔に、浅沼は堪らず笑い転げた。さらに面白がって携帯電話のカメラで写真を撮ろうとする浅沼に、横田はテーブルに置いてあった雑誌を投げつけると、なんとか立ちあがり仮眠室を出て行った。

「あらま、文楽の本をこんなに買い込んじゃって。それにDVDまで」

浅沼は笑いすぎて出た涙を拭きながら、テーブルに散乱している何冊もの本や雑誌、吉村松濤と朱雀のDVDをまとめると、ソファベッドの上の薄汚れた毛布をたたんだ。

脛はまだ痛むものの、そのせいで眠気が一気に覚めた。事務の美由紀《みゆき》が差し出したコーヒーに笑顔を浮かべて礼を言うと、横田は受話器を取り保留ボタンを押した。その途端に不機嫌な声が耳に飛び込んできた。

「横田さん、携帯電話の電源を入れておいてください！　携帯電話は捜査上、大事な大事なツールなんですからね！」

妻や子供たちからも電源のことで度々文句を言われた。横田はやれやれと思いながらコーヒーをすすった。

「ツールだかカメだかよくわからんが、どうだ、あれから。捜査報告のメールを見ると、昨日岡山の大学病院で司法解剖したそうだが」

「死亡推定時刻は死体発見前日の夜二十二時から翌朝三時くらいだろうということです。死因は失血死。ほとんど即死状態でした。それから、寺の境内と周辺の足跡を採取したんですが、寺の住職と被害者の足跡のほかに、別の足跡があったそうです」

横田は口につけようとしていたコーヒーカップを机にゆっくりと下ろした。

「その大きさが、被害者の横に倒れていた人形の足と同じで……」

「なんだと？」

「自分も確認したんですが、ぴったり一致してました」

「……」

「現場のしだれ桜は三年に一度咲くという珍しいもので、以前は一般に公開していたそうなんです。でも、マナーの悪い観光客に枝を折られたり、夜中まで花見の宴会をされたこともあって、十年くらい前から非公開になりました。それから、被害者のジーパンの腿あたりに、白い土埃のような付着物がありました。おそらく寺の中に入ろうとして塀をよじ登った時についたものかと思われます」

「……」

「あと、人形の胸元についていた血液のようなものについては、今日の夕方に鑑識から正式な報告があります」

「なにに手間取ってるんだ、いったい」

「わかりません」

「凶器は特定できたのか、目撃者は」

「すいません……両方ともまだです」

目撃情報の少なさと、未だに凶器が見つからない状況に、横田は苛立っている。宮澤は次に聞こえてくるであろう怒鳴り声を避けるために、携帯電話をそうっと耳から遠ざけた。

「……わかった。ありがとう、御苦労さまでした」

聞こえてきた予想外の優しい言葉に、宮澤の体から力が抜けた。

「引き続き、捜査のほうをよろしく。じゃ」

話を切り上げようとする横田を、宮澤は引き留める。

「ちょっと待ってください！　横田さんのほうの報告も聞かせてくださいよ。情報は共有しないと！　それをもとに来週の合同捜査会議の資料を作らなきゃいけないんですからね」

すると、なにかをためらうような間があった。

「横田さん？」

「ああ、すまん、すまん。たいしたもんはねえよ。こっちも毎日聞き込みをしてるが、なかなか決定的な証言が得られなくてね。合間に文楽の本読んだり、ＤＶＤ見たりしてる」

「えっ⁉」宮澤は思わず素っ頓狂な声をあげた。

「初めて文楽ってのを見たけど、あれは面白いもんだな。ただの人形劇かと思っていたら、人間の深いところ、業をついてくる話ばかりだ。あんたもくだらねえテレビばっか見てねえで、一回ちゃんと見たほうがいい。人生勉強になるぞ」

「はぁ……」

「それでな」突然、横田の声色が真剣になった。

「あの花魁人形。文楽の関連本をいろいろと読んだんだが、どこにも紹介されてねえんだ」

「え……？」

「不思議に思って、戦後に上演された演目をひとつずつ洗ってみたら、敗戦の翌年の大阪と先日東京のみで上演された『しだれ桜恋心中』に出ていたんだ」

「なぜそんな長い間上演されなかったんですか？」

「協会関係者に聞いても資料がないの一点張りで埒があかないんで、文楽を研究している大学教授に聞いてみたんだ。教授によると、どうもその演目はかなりいわくつきのものらしい。初演時は太夫と三味線が心臓発作で死んだのが原因で三日で終わった。病死とはいえ、立て続けにふたりも死んだことで、協会側は演目自体を封印した。だから人形のことも、どの本にも載ってなかったんだ。それなのに、このあいだの東京公演では『見ると死ぬ』という話を協会側から表に出した。そうやって世間をあおったバチかわからんが、公演前にふたり死んだ。ひとりは最初と同じ、心臓発作。もうひとりは交通事故だ。その時点では事件性はないと判断されたが、さらに人形遣いがふたり死んだ」

——あのふたりは呪い殺されたんや。

横田の脳裏に松濤の声が蘇る。

「あんたは呪いで人を殺せるか、考えたことがあるか？」

「……は？」

「あの演目に出ていた太夫と三味線、そして人形遣いが死んでいる。それに今回は公演で使われていた人形までもが死んだようになっていた。初めて神楽坂にある松濤の屋敷に行った夜、あの爺さん、弟子のふたりは呪い殺されたって言ってたんだ。ふたりともあの公演に出ていて、ひとりは花魁人形を動かしていた」

「じゃあ、病死も交通事故死も、心中も殺人も、全部呪いが原因ってことですか？　横田さん、いくらなんでもそれはないですよ！」

宮澤の言葉に横田は何も言い返さなかった。ベテラン刑事が「呪いで人を殺す」などと言い出し、宮澤も混乱しているようだ。しかし、そうも思いたくなるような出来事が過去と現在に起きているのだ。沈黙がしばらく続いた。切ろうとした電話を引き留めたあとの、ためらったような間は、呪いのことを言おうかどうか迷っていたからなのだと、宮澤は思った。

電話がひっきりなしに鳴る。こうしている間にも事件や事故がどこかで起こっている。助けを求めるように電話が鳴り続ける。だが、横田は自分だけが違う場所にいるようにそれが遠くに聞こえた。横田は自分が妖しい世界に引きずり込まれてしまったようにさえ思えた。

「そうだな、あんたの言うとおりだな」

そう言うと、横田は電話を切った。

横田は神楽坂の松濤の屋敷に向かった。電車の中でスポーツ新聞を広げると「呪われた伝統芸能」「呪いの人形」「しだれ桜の呪」との見出しがでかでかと躍り、『しだれ桜恋心中』のことや過去にその演目に出ていた人間が死んだことが詳細に書かれていた。

「考えてることは同じかよ」と横田は自嘲気味に呟いたが、心中は穏やかではなかった。捜査の視点がマスコミと同じようでは三十年以上のキャリアを持つ刑事として立場がない。

俺もそろそろ引き際か……車窓に映る自分の姿を見ながらぼんやり考えた。

進む老眼、腰痛をかかえた体。年を取るごとに疲れの度合が変わる。そうした肉体的な衰えは仕方ないとしても、刑事としての能力の衰えはそれよりも遙かに辛い。

ぼうっと歩いているうちに、松濤の屋敷についた。屋敷の前にはテレビカメラやら記者やらの報道陣が大挙していた。近所の住人らしき中年の男が露骨に迷惑そうな顔をして自転車で横を通り過ぎる。

時計を見た。そろそろ朝のワイドショーが始まる時間だ。タレントくずれの女性レポーターは手鏡を食い入るように見ながらファンデーションを叩き、テレビの報道記者らしい若い男はしきりに前髪を気にしながらカメラマンと打ち合わせをしている。まったく、最近のマスコミ連中は事件を伝えたいのか、自分をアピールしたいのかさっぱりわからない。

「あいつら通行の邪魔だ、他の場所に移動させろ」

横田は警官たちにそう命じると門をくぐった。表玄関に佇んでいた柏木亜紀良が、横田を見るなり「御苦労さまです」と頭を下げた。

「師匠は仏間におります」

横田は会釈をすると、玄関に入り靴を脱いだ。

中庭を眺めながら廊下を歩く。仏間に近づくと線香の香りがした。横田は襖の前で両膝を折ると、

「朝早くにすいません、警視庁の横田です。失礼いたします」

「よろし」

松濤の声に襖を開けた。

二十畳ほどの広さの薄暗い部屋で、松濤は仏壇の前に座っていた。

仏壇には小さな写真立てがあった。経本が広げてあるところを見ると、経を読んでいたのか。

「屋敷の前が騒がしくなってしまって申し訳ありません」

「わしはかましまへん。事件の後やし、仕方ないことですわ」

松濤は背中を向けたまま応えた。

「いろんなことがあって泣きすぎてしもうてな、えらい不細工な顔になってしもうて。そやさかい、こんな恰好で堪忍してくださいな」

「ああ……いや、別に構いません」

以前にも増して松濤の体が小さくなったように思えた。縞小紋の着物の中でやつれた体が泳いでいる。ふたりの愛弟子の死がよほど堪えているのだろうと思うと、横田は話を切り出しづらかった。

「聞きはりたいことがあって来はったんでしゃろ？　わしのことにかまわんと、遠慮のうなんなりと聞きなはれ」

襖がすっと開き、亜紀良が茶を運んできた。

「おかまいなく」

横田は頭を下げた。亜紀良は座卓に茶碗を置くと松濤の前にまわった。そして、ふうふうと息を吹きかけると松濤の口元へ茶碗を運んだ。まるで子供を相手にする母親のような光景を、横田は呆然と見つめた。松濤は、ずずずっと音をたてて茶をすすった。

「爺《じじい》が赤ん坊みたいでっしゃろ？　今日はお手手の震えがひどうてなあ。ちゃんと持てませんのや」亜紀良は松濤の茶碗を下げると襖を閉じた。

「あれがおらんと……もう……何もでけへんのや」

独り言のような呟きが寂しく聞こえた。八十過ぎまでずっと表舞台で活躍してきた男でも、老いは止められないのだ。横田は小さな背中を切なく見つめた。

麗らかな春の日差しが薄暗い部屋に差しこんできた。明るい光に照らされて、仏壇に飾られているセピア色の写真がはっきりと見えた。水兵服を着た青年がこちらをまっすぐ見つめている。

「つかぬことをお伺いしますが、そのお方は師匠のご兄弟ですか？」

寂しい空気を変えようと、横田は松濤の家族の話題をふった。懐かしい話をしているうちに気持ちも前向きになるだろう。

「ああ……これは儀一《ぎいち》兄さんや」

「そうなんですか。私にも兄がいますけど、十二も年が離れているんで、兄というよりは叔父のようですよ」

「あらま、驚いたわ、わしも儀一兄さんと十二違いや。偶然やなあ」

明るく響く声に横田はほっとした。

「儀一兄さんはわしのこと、えらい可愛がってくれてはったんや。金ちゃんは、あ、わしの名前は金之助やけんどな、金ちゃんはわしの本当の弟のようじゃってよう言うてくれてなぁ」

「え？　じゃあ、兄弟じゃないんですか？」

「そうや。儀一兄さんはわしとは血のつながりはあらしまへん。赤の他人や」

「ああ……そうなんですか」

複雑な家庭事情がありそうだ。横田はそろそろ本題に入ることにした。

「ところで、『しだれ桜恋心中』についてなんですが」

「横田はん、あんたはんやっぱり凄いお人やなあ」

本題を逸らすような言葉に横田は首を傾げた。

「儀一兄さんは桔梗を作った人形師や」

「え……？」

「こんな小さな写真のことを気にとめはって、儀一兄さんのことお聞きになった。そして、次にお聞きになったんが『しだれ桜恋心中』のことや。これは刑事はんとしての本能っちゅうもんが導いたに違いありまへん」

「いや、私はただ……」

単に場の空気を変えるためだったとは言えない。だが、この偶然がうすら恐ろしくもあった。

「あの人形に足があるの、横田はんはもう見てはるやろ？」

「ええ、本来、女形の人形には足はないはずなのに、あの花魁の人形にはありました。それに、他の人形とは目鼻立ちが異なり、黒子まであります。誰か、特定の人物をモデルにしたに違いありません。思うに、『しだれ桜恋心中』にまつわる忌わしい出来事の原因は、あの人形が持つ背景から探らないとわからないのではないかと」

かすかに松濤の体が動いた。

「あれを作ったんにはわけがあるんや」

「人形が作られたわけ？」

呪いの根源はそこにあるかもしれない。どうやら話が長くなりそうだ。横田は手帳とボールペンを取り出した。

「まずは、儀一さんの苗字を教えてください」

「やしま」

「それって……まさか」

「屋島儀一。梅濤の父親で、孔雀の、屋島達也の祖父《じい》さんや」

驚きのあまり、横田は身を乗り出した。すると、松濤がゆっくりとこちらに向いた。

「ひいっ……！」

松濤の顔を見て息が止まった。

左頬にあった青紫色のあざが松濤の顔の左半分を大きく覆っていたからだ。

事件の十ヵ月前、六月。大阪文楽座。

中高生を始めとするさまざな年代に文楽に触れてもらおうと毎年開催される鑑賞教室が始まった。相変わらず朱雀は人気の的で、教室が終わると記念撮影に連日長蛇の列ができていた。

先月の東京公演で朱雀の左を勤めた達也であったが、朱雀の楽屋手伝いを続けながら、今月はその他大勢の役の「つめ人形」を任された。つめ人形はひとり遣いで首と右手だけを操るものだ。

「朱雀の左やって今度はツメか。大忙しやな、達也ちゃん」

達也は楽屋で、清武と朝ご飯代わりのきつねうどんをすすった。白髪の交じった眉毛が八の字になる。達也は照れ笑いを浮かべながら揚げをほおばった。じっとりと汗ばむ天気が続くが、かき込む一杯はやはりうまい。

「十三日間、朱雀兄さんの左をやって自分の今の実力を思い知りました。俺はまだまだ実力《ちから》がなさすぎます。でも、師匠がせっかく舞台の勘をつかんだんだからツメやれって」

清武は目を細めながら、ウンウンと何度も頷いた。

「そやな。わしらは己惚れたらおしまいやで。せやけどな、達也ちゃん」

突然、清武の目つきが変わった。達也は慌ててうどんを呑み込み姿勢を正す。清武をはじめとする先輩技芸員たちのアドバイスは活きた教科書である。達也は清武の次の言葉を待った。

「やっぱしうどんは関西が一番うまいなあ！」

予想外の言葉に体がガクッと大きく傾く。

「この透明な汁見てんと、ああ、大阪に帰ってきよったんやって、ホンマほっとするわ。達也ちゃんには悪いが、わしから言わせてもろたら、東京のはうどんやない！　あの汁の色、なんやのん！　醬油飲んでるみたいで気持ち悪りぃわ！　あんな体に悪そうなもん、よお食えるなあ。はよ死ぬるでえ」

確かにつゆの色は濃いが、そういう味を長年食べてきたのでいきなり味覚を変えることはできない。何度大阪に来ても薄い味が物足りず、達也はそうっと醬油を足すときがある。しかし、東京のうどんを全否定する清武に反論するのもわずらわしく、残りのうどんを力なくすすった。

大阪が発祥の文楽だけあって、物事の中心を大阪に置いて考える人たちがほとんどである。達也が一番驚いたのは、東京公演を「地方公演」と言われたことだ。それに大阪出身の技芸員が多いせいか、東京よりも大阪公演の時のほうが元気がいいように見える。

「それはそうと、こないだ達也ちゃんに聞かれた『しだれ桜恋心中』のことやけど」

突然切り出すので、達也は呑み込んでいたうどんでむせてしまった。顔を赤くしながら咳き込む。清武が慌てて差し出した水を一気に飲み干すと、

「な、なにかわかりましたか!?」清武に詰め寄った。

「実はわしもあんま詳しいことは知らんのや。そやから、松濤師匠の次に年寄りの澤田《さわだ》初《はつ》大夫《た ゆう》兄さんに聞いたんや。ほならな、会長の美津雄兄さんの襲名披露公演やったらしいんや」

「そうだったんですか……」

「そやけどな、三日目に太夫と三味線がいきなり死んで、公演は取りやめたそうや。ほんで美津雄兄さんの襲名披露は別の出しもんに差し替えてやったそうや」

あれは見る側ではなく、演じる側が死ぬ演目だったのか。なんとも気味の悪い人形《もの》とかかわり合いになってしまった。不安と後悔がますます大きくなった。

「いきなり死んだって、もしかしてふたりは殺されたんですか？」

「いいや、心臓発作らしいんや。そやけどふたり揃うてやで！　なんか気色悪いやろ。まあ、そういうこともあったから、もうあの演目はやらんことになったらしい。わしら命拾いしたなあ」

清武はうどんの汁を飲み干すと、満足そうににんまりと笑った。

達也は楽屋の掃除を終えるとすぐに床山部屋を訪ねた。午前十一時から始まる第一部の演目の準備のために、真琴も劇場に早入りしていた。

真琴は入ってきた達也をちらりと見るとすぐに視線を外して、結いあげた首の髪にヘアスプレーをかけた。

「おはよう……ござい ま……す」

無表情の横顔に恐る恐る挨拶する。

真琴は消えるような小さな声で「おはようございます」と言うが、達也の顔を見ようともせず、首をかざすように持ちあげると角度を変えて念入りに髪形をチェックした。

「忙しいところ悪いんですけど……いいですか?」

「桔梗の話はここではだめ」

きっぱり言われて二の句が継げない。話したかったのはまさしく桔梗のことだった。何も聞けないまま、ただ突っ立っている達也を、真琴は苛立ったような目で見た。

「ねばっても無駄よ。二度も同じこと言わせないで」

「桔梗が殺したんですか?」

一瞬、真琴が達也を見たが、達也はその怒りの混じった視線を無視した。

「初演の時、太夫と三味線が死んだって聞きました。ふたり揃って心臓発作だなんて不自然じゃありませんか? 朱雀兄さんの左を初めてやった日の時のように、桔梗がなんか仕掛けたんですか? 桔梗は呪いの人形なんですか? 俺も呪われるんですか!? 人形がしゃべるだけでも気味悪いのに、呪われでもしたらたまったもんじゃありませんよ!」

心に巣くった恐怖が一気に言葉を押し出した。

桔梗と言葉を交わした夜以降、達也は首倉庫には行っていない。朱雀の左をやることで心身ともにいっぱいいっぱいで時間的な余裕がなかったこともあったが、自然に足が遠のいた。それと同じように、あれから真琴とも口を利いていなかった。だが、清武の話を聞いているうちに恐ろしくなり、堪え切れずに床山部屋に来てしまった。

真琴は首に視線を落としたまま小さくため息をついただけで、達也の言葉に応えようとしない。すがるような視線を投げかけてみても、真琴は首から一ミリも目を逸らさなかった。

冷たい女だ、と達也は思った。何かを知っているくせに言おうともしない。困っていると言っても、手を貸そうともしない。苛立ちが怒りに変わった。

「わかりました。お仕事中、お邪魔しました！」

投げつけるようにそう言うと、達也は乱暴にドアを閉めた。真琴は遠ざかってゆく足音が廊下から消えたのを確認すると、ようやく視線をあげた。その視線の先にはいくつもの首が挿さった首立てがあった。

「……殺したのは、桔梗じゃないわ」

約二週間に及ぶ鑑賞教室が終わると、続けて若手技芸員による「若手会」が二日間行なわれる。若手の育成を目的とした公演だが、すでに主遣いとしてトップにいる朱雀はこの公演には加わらず、このあと控えているロシア公演の稽古に入った。

若手会は裏方作業も自分たちで行なわなければならない。たった二日間ではあるが、年に一度、日ごろの修業の成果を披露できるということで、技芸員たちは溌剌《はつらつ》とした顔で深夜まで稽古にいそしんでいた。

達也は人形の拵えをするために衣装部屋に向かった。

衣装部屋は床山部屋を通り抜けたところにある。このあいだのこともあって、ただ通り抜けるだけなのに気が重い。恐る恐るドアを開けると、真琴の姿がなかった。

「神崎さんは？」

「お父さんの具合が悪いみたいで東京だず」

中学を出たばかりのような見習いの少年が東北あたりの訛りを混じらせながら答えた。

神崎悟の体の調子が悪いことは聞いていた。親が病気で倒れることは子供にとって相当ショックなものである。五年前の自分が重なった。

「あの……連絡先、知ってますか」

少年がぽかんとした顔で達也を見た。

「神崎さんの携帯電話の番号、教えてください」

気がつくとそう言っていた。あの真琴に電話をかけるとなるとかなり勇気がいる。睨むような目が脳裏をかすめる。かけたとしてもなにか文句を言われるかもしれない。でも、やはり心配だった。自分も父親が倒れた時はどうしていいかわからずにただ動揺するだけだった。真琴の家はたしか、親ひとり子ひとりである。予定ではこの後、ロシア公演に行くはずだ。きっと心細いに違いない。

こうして真琴の電話番号を知ったものの、なかなかかけるタイミングがつかめないまま若手会が始まり、ばたばたとしているうちにロシア公演の準備も始まってしまった。

若手会が終わり、東京のご贔屓さんとともにロシアに向かう松濤を成田で見送ってから、三日が経った。

達也は歌舞伎座の近くにある鮨屋と天麩羅屋、クラブに松濤の飲食代の支払いをするため、銀座に出かけた。銀行振り込みで済む用事ではあるが、人と人との繋がりを重んじる松濤のこだわりで直接店に赴いていた。

手土産を渡し、支払いを済ませると、達也は公衆電話を探した。だが、携帯電話が普及したおかげで、なかなか見つからない。

平日にもかかわらず銀座は人混みで溢れていた。梅雨の合間の晴れの日ということもあるが、最近は中華圏や東南アジア系の観光客の姿をよく見かける。大時計を背に記念撮影をしたり、大声でしゃべりながらスクランブル交差点をぞろぞろと渡る。それぞれに大きな買い物袋を抱えているので、すれ違うたびにそれが何度も体にぶつかった。

交差点を渡りきったところにある老舗デパートの出入口に公衆電話を見つけた。時計を見ると、午後三時三十九分。モスクワとの時差は約五時間。今は朝の十時三十分くらいか。現地のスケジュールはわからないが、真琴のことだ、モスクワでも早出で劇場入りしてることだろう。

公衆電話を見つけることができたチャンスを逃すわけにはいかない。急いで百円玉を十個ほど入れると、財布に貼り付けた付箋紙を見ながらボタンを押す。

「お久しぶりどすなぁ」

背後から聞こえた京都弁に、心臓が止まりそうになる。振り返ると、見覚えのある顔がこちらを見て微笑んでいる。槙野由良だ。

海外ブランドのショップバッグを三つ抱え、胸元が着物の合わせのようになったデザインのノースリーブワンピースに身を包み、毛先を縦巻きにしたヘアスタイルが新鮮に映る。思いもよらない人物の登場に、達也は思わず受話器を下ろしてしまった。

「どなたはんに電話かけてはったん？」

大きな瞳が興味ありげにくりくりと動く。

「いや……別に」

由良の視線を避けるように釣銭口に視線を落とすが、百円玉は釣銭が出ないことを思い出した。由良はまだ視線を外そうとしない。答えるまで外さないつもりだろうか。次第に顔が赤くなってきた。

そんな達也の反応を楽しむかのように、由良が体を寄せてくる。

「屋島くんもおひとりやのん？　今からお茶飲みに行けへん？」

今までまともに口を利いたことがないのに、名前を呼ばれてドキリとする。由良はくすっと笑うと、達也の手を取ってデパートへと入った。ひんやりとした手。思えば、女の子と手を繋ぐのは前の彼女と別れて以来だ。達也は久々に触れる柔らかな感触に動揺し、由良に手をひかれるままに歩いた。

エスカレーターで二階まで上がると、ファッションスペースの奥にカフェらしき店構えが見えた。ペパーミントグリーンに彩られた内装と小ぶりながらも品のあるシャンデリアに、猫足テーブルと椅子。いかにも女の子が好きそうなカフェだ。由良は迷うこともなくそこに向かって歩いていった。だが、ファストフードやチェーン店のコーヒーショップが専門の達也には、こういう店に入る免疫ができていない。

「屋島くん、はよぉ」

見ると、入口には「カフェ二時間待ち」と書いてある。店の中では十五、六人の女性客が順番を待っている。お茶を飲むだけなのに二時間も待たなければならないのか？　達也は軽いめまいを覚えた。

由良はいつのまにかウェイティングシートに腰かけている。

「二時間も待つんですか？」慌てて由良の横に座り尋ねるが、由良はまったく気にしていない様子で案内係の女性から手渡されたメニューを嬉しそうに眺めている。

「このお店、パリの本店と同じメニューのものが食べられるんよ。いっぺん来てみたかったんやけど、女ひとりで順番待つのも嫌やし、今日中に京都に帰るから諦めてたんよ。けど良かったわぁ」

俺は単なる順番待ちの連れか。達也は心の中でため息をついた。

由良はメニューを達也に渡すと、バッグから携帯を取り出してメールをチェックし始めた。しばらく無言の時間が続く。手持ち無沙汰でメニューを眺めると、紅茶一杯に牛丼の六倍の値段がついているのに度肝を抜かれた。今、財布にいくらあったっけ……達也は財布の中身を鞄の中でそっと確認した。

「そうや、こないだ寂寿はんを見たんよ。梅田のパチンコ屋で」

「……そうなんですか」

久々に耳にする名前だ。ネズミに似たあの顔が蘇る。同時に、寂寿に組み敷かれ、露わになった白い太ももが脳裏をよぎった。

――あれはただの男好きってもんやない、セックス依存症や。楽屋でやるのがええらしいで。さっきもお前に色目つこうてきたやろ。

達也は浮かんできた映像をかき消すように頭を二、三度横に振った。

そんな達也の様子を気にとめることもなく、由良は携帯から目を離さないまま、話を続けた。

「すっかり枯れ果てた感じやったけど、えらいようさん玉出してたわ。あの調子やったらこれからパチプロとして生きていくんやないかしらねぇ」

協会会長の息子でありながら、無期限の謹慎処分。寂寿の落ちぶれた姿を目の当たりにしてい い気味だと言わんばかりの由良の言葉を聞きながら、健二のことを思った。今頃何してるんだろう……元気でいるんだろうか。

「そうや。屋島くん、朱雀の左、遣わはったんやて?」

「あ、はい……」

話を振られるが、由良の目はまだ携帯の画面から外れない。ピンク色のラインストーンが爪の上で光る親指で、メールの文面を打っていく。達也はその早業に目を奪われつつも、画面を見ないようにすぐに視線を外した。

「見たかったわあ、残念やったわあ」

横を向くと、由良がこちらを見つめていた。少し小首を傾げ、上目づかいに自分を見る大きな瞳にドキッとする。長いまつげ。瞼を薄いピンクのアイシャドウが彩る。自分の魅力を熟知し、それを充分に反映させているメイク。着物の時は清楚なお嬢様という雰囲気があったが、今、目の前にいる由良は年相応の女の子だ。そういえば、楽日に由良の姿を見なかったような気がする。寂寿との一件で自粛したのだろう。

「そやけど……うち、朱雀って好かんわ」

由良はツンと顎を上げた。女性誌に特集されるほどの容姿を持つ朱雀を嫌う女性もいることに、達也は驚いた。あの朱雀のいったいどこが嫌いなんだろう。それを尋ねようとした時、

「なんぼ朱雀に人気があっても、助成金の不足分を補えるようなレベルではないなぁ……」

「助成金？」

「昨日、うちな、会長とうちのお父さん含めた理事のおじさんらとで、文化庁と放送協会を廻って来たんよ。先週は大阪の府知事に会うたんよ。助成金の減額案が出たいうんで、皆で陳情しに

行ったんよ」

助成金が減額されるかもしれない――。

思いもよらぬ現実をいきなり突きつけられて、達也は何も言うことができなかった。

「一番頭にくるのは府知事や！　さんざん、うちのこと、飲みにいかへんか、遊びにいかへんかってしつこう追い回したくせに、お金の話になるとさっさと逃げる。ほんま、かなん男やわ！」

ともすれば府知事のスキャンダルになりそうなことを堂々と公共の場で言い放つので、達也は思わず周りの様子をうかがった。フロアは店内音楽と話し声でざわめいている。由良の隣で順番を待っている女性は、携帯プレイヤーで音楽を聴きながらゲームをしている。達也は胸をなでおろした。

「うち、協会の人間でもないのに、お前が来たらお偉いはんが喜ぶとか言うて、宴会に引っ張り出されてお酌とかさせられて、カラオケつきあわされて、まるでホステスやん。そやけど、協会のためやと思うて、うち、我慢したんよ。それやのに……」

強気な声は最後のほうで涙声になり震えていた。そっと由良を見ると、ツンと上げていた顎が下を向き、くりくりと動いていた瞳が思いつめるようにじっと床を見つめていた。

世界的な不景気は伝統芸能にもその影響を及ぼしていた。この調子でいくと、今年よりも来年、そして再来年の助成金はかなり厳しい額になってしまうだろう。

朱雀のおかげで公演チケットは以前よりも売れるようになったが、世間的な知名度や注目と関心を今以上にもっと集めなければ、助成金の不足を補うことは到底できない。

「でな、ここだけの話なんやけど……」

突然由良の声が小さくなる。

「アレ、演《や》るんやて」

「え？　アレ？」

由良は達也の耳元に顔を近づけた。由良の息が耳元をくすぐり、鼓動が跳ねあがる。

「『しだれ桜恋心中』を上演するらしいんよ」

「ええええっ！」

達也の大声にフロア中の人間が一斉に振り向いた。由良は慌てて達也の手をつかむと、エスカレーターをかけ下りた。デパートの出入口は相変わらず人がごったがえしている。

半ば倒れるように外に出ると、由良は達也の手を離した。

「んもう！　あんな大きい声出して、はずかしいわぁ！」

「すいません。でも、由良さんはあの演目のこと知ってるんですか？」

「昔、太夫と三味線が死にはったってお父さんから聞いたことある。そやけど、ふたりとも心臓がもともと弱かったらしいし」

「でもなんで今……」

「会長が演ろうって言いだしはったんよ。これからはなりふりかもていられんって言いはって。

理事のおじさんらは最初は反対しはったんやけどね、助成金のこと考えると、やっぱりやらなあかんやろって。過去に人が死んでることもマスコミに公表して、お客さんを呼び寄せるらしいわ」

「そんな……！」

また声を張り上げそうになった達也を、由良が目で制する。

「すいません。でも、そんなの良くないです。客寄せのために人が死んだことを売りにするなんて、間違ってる！」

「ほんなら、他にどうすればええの？　助成金に頼らんでも文楽を続けることができるような金策が屋島くんにあるのん？　あるんやったら今言うて！」由良は叫んだ。

由良の目が真琴の目に重なる。達也の考えのなさを見透かしている、射るような目だ。通りの隅で言い合うふたりの様子が痴話喧嘩に見えるのか、通行人たちが興味ありげにちらちらとこちらを見ている。

「うちも大きい声出してた。かんにんな」由良は涙が滲んだ瞳を伏せると背を向けた。

「……俺もすいません」達也が謝ると、由良は背中を向けたまま頭を横に振った。

「怖いんよ。うち、怖い。自分の居場所がなくなんの、怖い……」

由良の細い肩が震えているように見えた。

「屋島くん、うちの噂聞いてはんのやろ？」

「へ、へっ?」ふいをつかれて思わず出てしまった上擦《うわず》った声に由良は小さく笑った。知っているのね、とでも言うように。

「劇場はうちにとって大切な場所なんよ」

由良はそう呟くと達也に背を向けたまま、歩きだした。

「子供の頃から、劇場に行けば皆がうちのことちやほやしてくれた。由良ちゃんは日本一綺麗やなあ、ほんまに可愛いなあって。まるで自分がお姫《ひい》さんになったみたいでなあ、ほんま嬉しうて嬉しうて。そやから、どんなに着物がしんどうてきつうても、友達と遊びに行きとうても、我慢して劇場に行ったんや」

初めて由良と言葉を交わした日の艶やかな着物姿が脳裏に浮かび上がった。

「そやけどな、劇場から出ると誰もうちのこと、ちやほやしてくれへんのや。まるで魔法が解けたシンデレラみたいにな。劇場におると、うちは『六世武豊梅大夫の孫。協会理事長、槇野勇治郎の娘』というブランドがついてるけど、あそこから一歩出れば、うちは綺麗でも可愛いでもない、そこらへん歩いてる女の子と同じなんや」

「そんなこと……」達也の声に、由良は違うと言わんばかりに大きく首を振った。

「うち、認めとうなかった……うちは他の女とは違う、特別なんやって思いたかった。それに、皆がうちを見る時のうっとりとした目ぇ。あの目ぇがな、なかなか忘れられへんのよ。そやから、うちのこと綺麗や、可愛いってずっと言うてもらえるように、いろんな人と寝たんや。でも、みんな同じ。済んだら夢から覚めたようにうちから去ってゆく。なかには本気になった人もおったけど、うちは別に結婚したいわけやなかった。ただ、うちのことちやほやしてくれる人がほしかっただけなんよ。そやけど、劇場がのうなると、うち、ただの女になってしまう……そんなん嫌や！　耐えられへん！」

救急車がサイレンをけたたましく響かせながら、晴海通りを駆け抜けていく。由良は立ち止まって、走り去る救急車を見つめていた。達也も救急車を見つめた。

「うち……何してんのやろ……ほんまにアホや……軽蔑してもええんよ」

サイレンにかき消されそうな小さな声が途切れ途切れに聞こえた。

由良がこちらを向いた。だが、達也は遠のくサイレンの音がするほうを向いたままだった。

そうだね、あんたはアホだねとも言えず、だからと言ってこの場しのぎの慰めも言いたくはなかった。由良の心の中にある癒しようのない寂しさと乾きが哀れに思えた。

由良は一向に自分のほうを見る気配のない達也の横顔に笑いかけた。

「ほな、うち、京都に帰ります」

ふと見ると、由良は再び歩き始めていた。交差点の信号が青になっていた。

「屋島くんと話せてよかった！　でも、今日お茶でけへんかった借りは絶対返してね！」

そう言って大きく手を振ると、由良は小走りに有楽町駅へと向かって行った。横断歩道の向こうに小さくなっていく後ろ姿を見つめていると、達也は胸に不安が広がるのを感じた。

『しだれ桜恋心中』が上演される——。

金を集めることだけを目的とした上演に、桔梗はなんと言うだろう。

不安と同時に、得体の知れない胸のざわめきを感じていた。

銀座から戻って来た達也を待っていたかのように、玄関に入ると電話が鳴った。それは、真琴の父、神崎悟が死んだことを知らせるものだった。

モスクワに行っている松濤と朱雀の代理として、達也は急遽大阪から駆け付けた兄弟子の福濤《ふくとう》とともに通夜に出ることになり、真琴の自宅がある門前仲町へタクシーで向かった。

「前々から患うていた糖尿が原因らしいんや。で、急に具合が悪うなって病院へ行ったんやけど、あっという間やったそうや。五十八か……まだ死ぬ年やないで」

シートに身を深く沈め、福濤が重いため息を漏らした。

「神崎さん……真琴さんはご臨終に間に合ったんですか？」

福濤は無言で頭を横に振った。

「そうですか……」

達也は視線を窓の外に向けた。父親の葬儀以来の喪服を真琴の父の通夜に着ていくなんて、思いもしなかった。

「真琴ちゃん、悟はんの具合心配してモスクワ行くの止めようとしてたのに、行かんなら親子の縁を切る！　って悟はん、怒ったそうや。どんな事情があろうと、絶対仕事に穴開けんかった悟はんらしいなあ。でも、真琴ちゃん、床山の準備してすぐに日本に引き返したらしゅうて、悟はんが息引き取ってからまもなく病院へ着いたそうや。虫の知らせちゅうもんかいな」

福壽は話しながら目がしらを押さえた。

タクシーは駅前で止まった。真琴の家は下町ならではの細い路地の中にあるらしいので、駅前から徒歩で家に向かうことにした。達也が入り組んだ路地に苦戦していると、福壽が会長を呼ぶ声が聞こえた。

袋小路になっている街灯の下にスーツを着た黒ネクタイの背の高い老人、三枝美津雄が立っているのが見えた。

「おお、福壽か！　ええとこで会うたわ。道に迷うてしもうて困っとったんや」

福壽はすぐさま美津雄のもとに駆け寄った。美津雄の横にいる秘書らしき中年女性が携帯電話で場所を確認している。

「なにしろここらへんは初めて来るところやさかい、わしらもようわからんのですわ。おい、達也、はようこっちに地図持って来んかい！」

福壽にせかされて、達也は小走りに三人のもとに向かった。美津雄は達也の顔を見るなり、

「君はたしか、嵐丸の左を遣うた吉村孔雀やろ？」と声をかけた。

「はい！」

会長直々に芸名を呼ばれ、緊張が走る。こうして間近に見るのは研修所の卒業式以来になる。白髪頭でシミと皺だらけの顔ではあるが腰は曲がっておらず、すらりとした背恰好、矍鑠《かくしゃく》と動く姿。トップの人間ならではのオーラはとても九十代の老人とは思えない。達也は自分の訴えによって美津雄の息子の寂寿が無期限の謹慎処分となったこともあり、顔をこわばらせた。

「松濤からいろいろ聞いておるわ。これからもしっかりがんばりや」

笑う顔に驚く半面、安心してほっとしていると、いきなり達也の頭を福濤が思い切り叩いた。

「お前、四世桐谷潤之助《じゅんのすけ》からの有難い励ましのお言葉やぞ。ちゃんと頭、下げえ!」

「はい、ありがとうございます! が、がんばります」

慌てて下げた頭を、福濤がもう一度叩いた。

「はよ、地図出しい!」

「はいっ!」

何度か東京のご贔屓さんと門前仲町に食事に来たことがあるという美津雄は差し出された地図を眺めるが、首を傾げるばかりで問題は一向に解決しない。同行している秘書がようやく場所を確認できた時には、すでに通夜が始まって二十分ほど経ってしまっていた。

細い路地裏に古い木造建ての家々が身を寄せ合うように立ち並んでいる。その一番奥にあるトタン屋根の平屋建てが真琴の家であった。

読経の声に導かれるように四人は足を進めた。受付のある町内会のテントに入ると役員らしき老人と老婆が達也たちに頭を下げた。

「このたびは御愁傷様です」

頭を下げて香典を手渡し芳名帳に名前を記す。達也は顔を上げると、家の中に視線を向け、真琴の姿を探した。だが、焼香のための列が狭い玄関先でごった返していて、中の様子がわからない。

「さすが、悟はんやな。こんなにぎょうさん人が来てくれはってなあ。草葉の陰で今頃喜んでるやろなあ」

福壽が涙声で呟く。

病に倒れるまでの四十年間、その堅実な仕事ぶりで信頼を集めた悟だっただけに、東京はもちろんのこと大阪からも協会役員、技芸員、劇場関係者らが参列した。

列に並んで五分ほど経った頃、ようやく達也に焼香の順番が回ってきた。低い天井に土壁、四畳半の台所と続きの六畳間が二つ。築四十年以上であろう古びた家屋であるが、生活用具や仕事道具はきちんと整理整頓され、華美なものは一切置いていない。今時、驚くほど質素な、親子ふたりのつつましやかな生活が窺えた。

奥の六畳間に祭壇が設けられ、眠る悟のすぐ横に真琴が座っていた。黒のワンピースに身を包み、床山部屋で見るいつもの顔が思い浮かばないほどに憔悴しきっていた。

達也は膝を折り一礼すると、真琴の顔を見つめた。視線に気づいた真琴の目が達也の顔を捉えると、みるみるうちに涙がたまり始め、目を伏せた拍子にぽろりとこぼれ落ちた。

達也は慌ててハンカチを出そうとしたが、後ろに控えていた他の技芸員に急かされて焼香に戻った。

白装束姿の悟が五年前の父と重なる。達也は滲む涙をこらえるように下唇をぎゅっと嚙むと、固く目を閉じ、手を合わせた。

焼香を終えて外に出ると、テントから離れたところで煙草を吸っていた福濤が手招きした。

「わしは会長と役員さんらとで集会所の通夜ぶるまいに出るけど、お前はもう帰りや。通夜の手伝いとかは町内会の皆さんがやってくれはるようやし、お前の出番はないみたいや」

「はい、わかりました」

達也は家に目を向けたが、相変わらずの人の列で中の様子は見えなかった。

「電車で帰るんやで！　タクシーは百年早いで！」

「わかってますよ。じゃあ、お先に失礼します……」

頭を下げた達也に「ほな、ごくろうさん」と言うと、福濤は協会の重鎮たちの輪の中に入っていった。

福濤と別れ、薄暗い路地裏をとぼとぼと歩く。紫と青の紫陽花と白の夕顔が花びらを大きく広げている。なぜだかわからないが、このまままっすぐ神楽坂へ帰る気が起きない。

達也は通りに出ると、自販機で缶コーヒーを買った。自販機の横の煙草屋で煙草を買うと、おばあちゃんがサービスでライターをつけてくれた。煙草を吸ってはいけないとは言われていないが、四年ぶりなので頭がふらついた。

そこで二本ほど吸い缶コーヒーを飲み干すと、駅前まで出てラーメンをすすった。食べ終わると、通りの向かいにあるファストフードの店に移動した。

窓に面した席に座り、コーヒーを飲みながら通りを行き交う車をぼんやり眺める。しばらくすると、ぽつりぽつりと雨が降り出した。窓ガラスをつたう雨粒が涙に見え、真琴の顔が思い浮かんだ。

仕事で仕方なかったとは言え、ふたりきりの親子なのに死に目に会えなくてつらかっただろう。通夜や葬式の間は何かと忙しいので気も紛れるが、それらが終わった後に襲ってくる寂しさと悲しさ。「ぽっかり胸に穴が空いた」という言葉がそのまま当てはまる虚無感に、残された家族は押しつぶされる。五年前にそれを経験しただけに、達也は真琴のことが心配でならなかった。ひとりぼっちの部屋で親を失った寂しさと悲しみに耐えられるほど、人間は強くない。

それからどれくらいの時間が経っただろう。気がつけば、二階のフロアは達也だけになっていた。店内放送の陽気なアナウンスがフロア中に虚しく響きわたる。時計を見ると、もうすぐ零時になるところだ。一杯百円のコーヒーで三時間もねばってしまった。

モップ片手に上がってきた店員と入れ替わるように階段を降りて外の通りに出ると、駅とは反対方向に歩き始めた。

真琴に会いたい。

どうしてそこまで真琴のことが気になるのか、自分でもよくわからない。

でも、真琴に会いたい。

アーケード街を歩く達也の足はどんどん加速していった。人の家を訪ねる時間ではないが、通夜の夜は線香の火を絶やさないように親族が交代で番をするので、真琴はまだ起きているはずだ。

降り続ける雨は一向に止む気配はなく、雨脚は強いままだ。コンビニでビニール傘を買い、達也は路地に入る角を曲がった。軒先に植えられた紫陽花は、雨に打たれて生き返ったように色を鮮やかに浮きたたせる。すでに大半の家々の灯りは消えており、奥にある家の玄関灯だけがぼんやりと浮かびあがっていた。

まるで灯りに吸い寄せられる蛾のように、達也の足はまっすぐ真琴の家に進んだ。玄関のチャイムを鳴らそうと手を伸ばしたとき、格子戸が一センチほど開いていることに気づいた。不用心だと思いながらも静かに開けると、真琴の靴と思われるローヒールの黒のパンプスと男ものの革靴が玄関に並んでいた。

靴には雨粒がついていた。線香番の親戚のおじさんでも来ているのだろう。声を潜めて「神崎さん」と呼んでみたが、返事が聞こえない。

達也は靴を脱ぐと、手前の六畳間の襖をゆっくりと開けた。部屋の電気は消えており、誰もいない。だが、襖の隙間から隣の六畳間の灯りが漏れている。達也は耳を澄ましてみた。雨がトタン屋根を叩く音が大きくて声は聞こえにくいものの、人の気配は感じる。引き戸に手をかけ、そっと襖を開けた。

達也の目に、祭壇を背にして男にしなだれかかっている女の姿がいきなり飛び込んできた。達也の存在にまったく気づくこともなく、女は目を閉じたまま、貪るように男と唇を重ねている。捲りあがった裾から両足が露わになり、足の指が畳の上で、ゆっくりと、艶めかしく動く。

目の前の光景に、達也は口を開けたまま棒立ちになった。

乱れた髪が生々しく女の情念の激しさを表わしている。達也は一度目を逸らすが、また視線を女の顔に戻した。絡み合う黒髪から見え隠れする、ケロイド状の火傷の痕。

「神……崎……さん」

その声に女は――真琴は夢から覚めたように目を開けた。次の瞬間、大きく目を見開くと、男の腕から離れた。そして乱れた髪を押さえながら部屋の隅に座り込むと、すぐに達也に背を向けた。

細い肩が震えている。その姿が切なく見えて、達也は真琴の背中から目線をはずした。そして達也の目は男の後ろ姿に向いた。

肩まで伸びた髪、痩せた背中。見覚えのあるものというよりも、見慣れたものと言ったほうがいいかもしれない。特に、男が着ているグレーのパーカー。フードと肩の部分が雨で濡れているパーカーの下には、おそらく、白いシャツを着ているだろう。

「雨音が大きくて全然気がつかなかったよ」

そう言うと男はゆっくりと振り向いた。

「……朱雀兄さん……」

いつものように笑みを浮かべた顔が達也を見上げた。

達也は立ちすくんだまま、まんじりと朱雀と真琴を見つめた。それ以上何も言えず、何も言われず、トタン屋根を叩く雨の音だけが部屋に響く。重苦しい沈黙の時がしばらく続いた。

「お……お茶入れてくるわ」

長い沈黙に耐えきれなくなったのか、真琴は達也の視線を避けるように顔を俯かせ、早足で台所に向かった。達也は小さくため息をつくと、隠れるように引き戸のそばに腰を下ろした。

朱雀は祭壇の線香が残り一センチほどになっているのに気づくと、新しい線香に火をつけた。

「チケットが取れなくて、パリ経由で戻ってきたんだ。でも三時間も遅れてね。おまけに大雨のせいでなかなか着陸できなくて。さっきやっと、ここに着いたんだ」

達也には、そこまでして朱雀が日本に戻ってきた理由がわからなかった。長年、神崎悟に世話になったであろう松濤がモスクワに残っているというのに。

「公演中なのによく師匠が許しましたね」

「真琴のお父さんだから」当然だろう、とでも言うような言葉。

「ふたりは、恋人同士なんですか?」バカだな、俺。さっきキスしてるとこ、しっかり見たじゃねえかよ！　と思ったが、やはり聞かずにはいられなかった。

「恋人よ」

後ろで声がした。振り向くと真琴が立っていた。

「私の恋人よ、雅人は」

暗い部屋の中で、今まで見たことのない自信に満ちた顔がこちらを見つめている。

「私たち、生まれた時からずっと愛し合ってるの」

「え……？」

「雅人と私、きょうだいなの」

一瞬、意味がわからず無言になってしまった。今たしか、きょうだいだと言った。

「でも……血が繋がってない……とかいう」

達也の問いかけに、真琴は頭を大きく横に振った。

「正真正銘、血のつながったきょうだいよ。私たち、二卵性双生児なの」

そんな話は今まで一度も、噂話でも聞いたことがなかった。真琴は達也の横をすっと通り過ぎると、見比べてごらんと言わんばかりに朱雀の横に座った。

達也はふたりの顔を見比べた。二卵性、おまけに性別が違うせいか、双子だと言われてみないとわからない部分はある。だが、じっと見つめられた時の鋭い目つき。以前感じたことのある既視感は、こういうことだったのかと思う一方。

「愛し合ってるって言ったって、きょうだいじゃないですか！」

「でも、愛し合ってるの」

強い声。いつものぼそぼそと呟くような声からは想像もできないくらいの強い声できっぱりと言い返され、ますます言葉につまる。達也は朱雀に視線を向けた。いいわけでもいいから何か一言言ってほしくて目で訴えてみたが、

「真琴の言う通りだよ。僕たちは姉と弟だけど愛し合ってるんだ」

朱雀もまた真琴と同じことを言うだけだった。

寄り添って座るふたりの後ろに、白装束の悟が安らかな顔で眠っている。線香の煙が天井へまっすぐに上がってゆく。何も知らずに眠る悟の顔をみているうちに、達也の心に怒りが込み上げてきた。

「よくもそんなこと、自分の父親の前で言えますよね。それにあんなことまでして……」

達也は立ち上がるとふたりを睨みつけた。朱雀と真琴は達也をじっと見上げたまま、反論も弁解もしようとはしない。

「いくら朱雀兄さんでも俺は味方できません。ふたりのこと、軽蔑します！」

達也は玄関に向かって駆け出した。靴を半分履くと、格子戸を叩きつけるように開けて外に飛びだした。

降り続ける雨に体がどんどん濡れてゆく。だが、そんなことはもうおかまいなしだ。

ほとんど前のめりになりながら必死で走った。一秒でも早く真琴の家から、あのふたりから離れたかった。

「なんでだよ……なんでなんだよ！」

勢い余って足が絡まり、達也は道に転がった。目を閉じると、朱雀に体を預け唇を重ねる真琴の姿が浮かび上がる。死んだ父親の横で姉と弟が唇を合わせている姿に、達也は寒気を覚えた。

「狂ってる……」

よろよろと立ちあがり、路地を歩く。時折すれ違う終電帰りのサラリーマンやOLが、びしょぬれの達也をいぶかしげに見ては足早に歩き去ってゆく。

雨に濡れているだけなのにそんな目で見ることはないだろう、と達也は思った。三軒先の角を曲がって路地裏に入ったところの一番奥の家にいる男と女は姉弟《きょうだい》なのに愛し合ってるんだぜ、蔑むような目で見るならあいつらのほうだろう！

そう大声で叫びたい思いを抑えこんだ苛立ちで、牛丼屋の前に置かれているゴミ袋の山を思い切り蹴飛ばした。が、バランスを崩し、体は落ちるようにゴミ袋の山に倒れた。ゆるく結ばれていた袋の先から残飯が飛び散り、紅ショウガの塊が容赦なく達也の上にふってきた。

「ち……くしょ……お」

上着と髪にはりついた紅ショウガをはらいのけながら体を起こすと、牛丼屋のアルバイトの男が舌打ちしながら店から出てきた。

「すいませんでした……」

小さく頭を下げ、通りをとぼとぼと歩きだす。駅に着くと、地下鉄の出入口の灯りはもう落とされて、シャッターが閉まっていた。

財布には二千円しかない。ここからタクシーで神楽坂に帰るのには足りない金額だ。仕方なく出入口の段差に腰かける。

胸ポケットから煙草を取り出す。さっき倒れた拍子に、残っていた煙草はパッケージごとみんな折れ曲がってしまっていた。

それでも一本取り出し、口に咥えながらポケットにしまっていたライターを探す。ない。これもさっき倒れた拍子にどこかに落としてしまったらしい。

達也は夜空を仰いだ。どんよりと黒い雲を残したまま、雨はいつのまにか止んでいた。

まったく今日はなんて一日だ。

今頃になって疲れがどっと出てきた。水たまりに映る街灯をぼうっと見ながら、達也は由良と朱雀、そして真琴のことを考えた。

寂しい気持ちと乾く心をまぎらわすために好きでもない男と寝続ける女。

姉弟同士で愛し合っていることにまったくためらいを感じていない男と女。

目をつぶれば、由良の白い太ももと朱雀と真琴の激しいキスシーンが交互に頭の中を駆け巡る。

搔き消しても搔き消しても現われてくる苛立ちに、咥えていた煙草を投げ捨てると、

「ああ、もうっ！　明日からどんな顔して口きけばいいんだよ！」

達也は声を張り上げた。

「おまはんは、ほんに幼い子のようでおすね」

小馬鹿にしたようにクスクス笑う声。突然、耳元で聞こえた声に驚く。

「桔梗!?　お前、どこにいるんだ？」

即座に立ちあがり、自分の周りを何度も見回す。だが、終電がなくなった街は、時折タクシーの濡れた道路を走るタイヤの音が聞こえるだけで、桔梗の姿はどこにも見当たらない。それでも達也はきょろきょろとあたりを見回した。

「お久しぶりでございます」

はっと振り向くと、手前の交差点の植込みに桔梗が座っていた。こちらを見るその姿が不思議に懐かしく目に映った。

桔梗は自分を見て口を開けたまま突っ立っている達也をふん、と笑うと、

「何をしてるかと思いすが、他のおなごに気を取られていたとは、わちきも落ちたものでござんすな」

面白くなさそうに煙管を咥え、すぐに煙を吐き出した。ふわりと上がった煙が夜の闇に吸い込まれてゆく。

達也はごくりと唾を飲み、桔梗に近づいた。

「お前……なんでここにいるんだよ……」

「おまはんに会いとうおしたからです」

「そうじゃなくて、どうやってここまで来たんだよ！　人形がひとりでこんなところまで来れるわけないだろう！」

桔梗は横に置いていた小さな煙草盆に雁首をカンッ！　と勢いよく叩きつけると、達也を見た。前にもこうして怒ったように睨まれた。

「真琴の父親には人形たちがたんとお世話になりんした。線香のひとつでも手向《たむ》けたいと思うて来ましたことに、なぜそのような驚いた顔をするのでございますか。まったく、おまはんは野暮な男でおすな」

「なんだと！」

達也も負けじと声を張るが、桔梗はまったく相手にしていないように煙管をふかす。

完全に馬鹿にしている態度に苛立ちながらも、桔梗のすました横顔を見ていると、人形相手にむきになっている自分がアホらしくなってきた。

達也は桔梗の向かい合わせにあぐらをかくと、煙草のパッケージを取り出した。だが、ライターがないことを思い出し、箱を仕舞おうとしたとき、細く白い指がそれを遮った。

桔梗は箱から一本煙草を取り出すと、自分の煙管の火皿に近づけた。吸い口を咥え、息を吹き込むと煙草の先が一瞬赤く燃え、細い煙が立ち上った。

「おあがりなんし」

桔梗は火のついた煙草を達也の前に差し出して微笑んだ。人間そのものの動きに目を奪われ、桔梗の微笑に我に返る。

「あ……りがとう……」

達也は頭を下げながら受け取ると、深く吸い込み、大きく息を吐き出した。もう一度、同じように吸ってみる。まるで深呼吸をしているみたいだ。そのせいか気分が落ち着いてきた。桔梗は煙を吐き出す達也の横顔を懐かしむように見つめた。

「桔梗は知ってたのか」

「何のことでしょう」

「朱雀兄さんと神崎さんのこと……」

煙をくゆらす桔梗の横顔が静かに頷いた。

「真琴は首倉庫で泣いてばかりおりいした」

「神崎さんが？」

「誰にも言えぬ悲しみや辛さを抱いて、堪え切れずにすすり泣く声を、わちきは箱の中でよう聞いていました」

「でも、さっきは全然悪びれもせずに、朱雀兄さんと愛し合ってるんだって堂々と言ってて……」あの時の強気な顔が忘れられない。

「好いた男の前だからです。けれども真琴もひとりのおなご。弱いところもございましょう」

そう言うと桔梗は目を伏せた。

「惚れたお方がいんすとおなごは強くなるが、反対に弱くもなるということ。おまはんも男ならおわかりなんしな」

「でも、姉弟同士で愛し合うなんて俺には全然理解できない。どんな理由があっても受け入れられない！」達也は絶対無理だというように頭を大きく横に振った。

その時、桔梗の後ろをコンテナを積んだ長距離トラックが二台立て続けに通り過ぎた。桔梗の唇が動いたのが見えたが、大きく唸るようなタイヤの音がその声をかき消した。

「ごめん、聞こえなかった。今、何て言った？」

小さな唇はすぐには動かなかった。

「どうした？」達也は桔梗の顔を覗き込んだ。

「わちきも自分の弟を好いておりました」

沈黙が生まれた。

真夜中の静寂は、この世にたったふたりしかいないような錯覚を起こさせる。人間と人形が互いを見つめたまま微動だしない。いや、達也のほうは動けないでいた。煙草の灰がぽとりとアスファルトの上に落ちた。

「神崎さんのことをかばっていたのは、同病相憐れむってやつからかよ」

「そう思うのならば、そう思えばよろしゅうございます」

なじるような達也の言葉に桔梗は動じなかった。

「ひとりひとりの顔がみな違うように、愛しう思う気持ちにもさまざまな形がある……わちきはそう思うておりますよ」

「開き直りかよ」達也は立ち上がると、桔梗に背を向けた。

「お前はそう言うけど、俺から言わせてみればそんなの愛情なんかじゃない。そんな歪んだ愛情から何が生まれるんだよ！　周りの人間悲しませて自分たちだけ満足して終わりだよ。常識も理性もなく欲望のままやるだけやってなんて、そんなのケダモノと同じだ！　神崎さんやあんたがどういういきさつでそうなったかは知らないけど、俺は一切同情しない！　軽蔑する！」

どうしても理解できない気持ちが怒りとなって、容赦ない言葉を桔梗に浴びせる。桔梗は耐えるように目を伏せ、じっと聞いていた。

「金輪際、あんたや神崎さんとは関わりたくない。俺を呪いたければ呪えばいい。怖くなんかねえよ！」

達也は一気にまくしたてた。興奮したせいか息遣いが荒くなり、なかなかおさまらない。

「……屋島儀一を知っていんすか」桔梗は閉じていた目をゆっくりと開けた。

達也は肩越しに桔梗を見た。「なんでお前がじいちゃんの名前知ってんだよ」

「ずっと思うておりましたが、どうやらおまはんは儀一のことを何も知りいせんようでおすな」

含むような言葉。だが、人をからかうようないつもの顔をしていない。達也を見つめる目は真剣そのものであった。そして、その目は達也の知らない何かを知っていることを確実に表わしていた。

「なんだよ、どういう意味なんだよ……」

「儀一どのは、自分の姉を好いておりいした」

「なに言ってるんだよ。いい加減なこと言うな！」

確かに屋島儀一は父方の祖父だ。しかし、父親の卓郎から祖父の話はあまり聞いたことがない。儀一は卓郎が生まれる前に戦争に行って死んでしまったため、よく知らないからだ。祖父に早くに先立たれ、苦労続きだった祖母からもあまり話を聞くこともなく、父と自分にとっては遺影も思い出もない祖父だった。

だが、父でさえも知らないことを、桔梗がなぜ知っているのか。しかも、祖父も自分の姉を愛していたという、とても信じられない言葉に達也の頭はまた混乱した。

「お前、なんの証拠があってそんなこと言ってるんだよ！　本当だったら今、証拠を出せよ！出してみろよ！」

達也は胸倉をつかまんばかりの勢いで桔梗に詰め寄った。桔梗はひるむことなく、達也を見つめ返した。

「証拠は……」

ないだろう、と達也は思った。

「証拠は、わちきでございいす」紅い唇がゆっくりと動いた。

「お前が……証拠？」

桔梗がこっくりと深く頷く。

「おまはんは儀一が人形師でおしたことを知りいせんのか」

「えっ」

「わちきは儀一が戦に出る間際に作りいした人形でありんす」

祖父が人形師だったなんて初めて聞いた話だ。父からはもちろん、母からもそんな話は聞いたことがない。だが、祖父が戦死したとは一言も言っていないのに「戦に出る間際に作った人形」という言葉が出てきたことには信憑性がある。祖父が人形師だったことはもしかしたら本当なのかもしれない。達也はそう思った。

「でも、それとさっきの話はどう繋がるんだよ」

すると、白い指が達也の頬に伸びた。

「おまはんは目元が儀一に似ておすな」

桔梗は懐かしそうに目を細めた。

「わちきには桔梗という名がありいすが、もうひとつ、名がありいすにえ」

「もうひとつの名前？」

「わちきのもうひとつの名は新宮園子《にいみやそのこ》」

「新宮……園子……もしかしてその人は」

「儀一が好いた姉の名です」

重く垂れこめた雨雲から月の光が差し始めた。白く光る月明かりの下、桔梗の顔が一瞬だけ、人間の顔になった。

祖父の愛した女。屋島儀一の姉。新宮園子という女の顔に。

三

事件から一週間が経った。

横田は広島と山口の県境にある小さな山村、田丹羽《たにわ》村にいた。

呪いの根源と思われる桔梗花魁という人形がなぜ作られたかを探るべく、屋島儀一の故郷にやって来たのであった。

広島市内から電車にゆられて四十分。そこからバスで一時間。山道に差しかかるところで乗合タクシーに乗りついで二時間。幾重にも折れ曲がる山道の舗装されていないでこぼこ道に、横田は何度も吐き気を催した。

長い時間座り続けていたせいで腰が痛い。車酔いでフラフラになった体でようやく田丹羽村に到着したころには、太陽が西に傾き始めていた。

横田は腰をさすりながらあたりを見回した。大きく間隔をあけて、ぽつりぽつりと建つ家を数えてみると、三十軒もなかった。

「こんな田舎、まだあったんだな……」

早く聞き込みを始めないと夜になってしまう。駐在所の横にある分校の用務員室に泊まることになっているので寝床と食事は確保済みだが、村の老人たちの夜は早い。夜七時になるともう寝てしまう者もいるらしく、ぼやぼやしてると全員御就寝してしまう。

田丹羽村に来る前に広島県警で調べた情報によると、屋島儀一の実家はもうここにはないという。儀一の家族は入院していた祖母を見舞うため、広島市内の病院を訪れた。だが、到着したその日、原爆が投下された。儀一の家族は全員被爆して亡くなった。儀一も召集され、戦死している。

「召集前に結婚して儀一の死後に生まれたのが屋島達也の父親か」

儀一の両親の親戚は広島市内に住んでいたために被爆してほとんどの者が亡くなり、儀一の妻・ハツもその子供である達也の父親・卓郎もすでに他界している。

たったひとつの爆弾が、たくさんの家族を、その一族を死に追いやったのだ。横田は思った。あの巨大なキノコ雲の下で何が起こっていたかを決して忘れてはならない、と。

こんな山奥の小さな村だ。住民は昔から住んでいる人間ばかりだろう。当時を知る者はほとんど高齢者で、亡くなっている者も多いはずだが、何かひとつでもいい、どんなに小さくてもいいから情報が欲しい。すがるような気持ちで田丹羽村にやってきた横田であった。気合いを入れるように鼻から大きく息をはき出すと、まずはタクシーを降りたすぐそばにある家に向かった。

「すいません……ちょっとお尋ねしたいことがあるんですが」

建付けの悪い格子戸をガタガタさせながら開けると、腰が直角に折れ曲がった老婆が奥の間からよろよろと出てきた。

「誰ね、あんた」怪訝な顔に警察手帳を提示すると、老婆は花柄の割烹着のポケットから老眼鏡を取り出した。

「警視庁の横田と申しますが、昔、この村に住んでいた屋島儀一さんについてご存じのことがあれば教えていただきたいんです。なんでもいいんです、おばあちゃん、何かご存じですか？」

「けい？　けい？　よう聞こえんのんよ！　もちぃと大きい声で言うてつかあさい！」

かがみこんだ横田の耳に老婆が叫ぶ。腰の曲がった体から張り上げられる大声が耳をつんざくも、横田はもう一度同じ言葉を繰り返した。老婆はウンウンと頷きながら聞き終わると、

「わしは岩国《いわくに》から嫁にきたけえ、よおわからん」と、あっさり言った。

そうか、他県から嫁いできたというパターンがあったか。横田はがっくりと肩を落とした。

「じゃあ、おばあちゃんの御主人はいらっしゃいますか」

「御主人？　じいさんは十年前に死んだ」横田は取り出していた手帳を仕舞った。だが、

「でもな、あの……あのほら、そこの……あの……」

老婆が何かを教えてくれようとしている。必死に思い出そうとしている皺くちゃの顔を横田は期待を込めた目で見つめた。待ち続けてまもなく三分が過ぎようとする頃、

「あ……思い出せんわ」

「……御協力ありがとうございました」

深くため息を漏らしたいところを我慢して一礼すると、ガタガタうるさい格子戸を閉めた。と、その時。

「屋島さんの隣におった斎藤雄一郎……」

老婆の声が再び聞こえ、横田は格子戸を壊さんばかりの勢いで開けた。

「斎藤雄一郎さんが隣に住んでいたんですね！　おばあちゃん、その方の家はどこですか？」

「そいえば……三年前に死んだわぁ」


すっかり日も暮れた暗い道を横田は駐在所に向かって歩いた。その後、ほかの家に聞き込みに回ったが空振りに終わり、余計に疲れを感じた。

電柱の灯りのまわりで、東京では見たこともない大きさの蛾がバッサバッサと羽を動かしている。見た瞬間、全身に鳥肌が立ち、横田は一目散に電柱の下を走り去った。

煙草を取り出そうとポケットを探ると、出てきた箱には一本しか残っていなかった。

まさか自販機がないとは思っていなかったので煙草の買い置きなどしていない。舌打ちをすると、煙草を箱に戻した。缶コーヒーもない、煙草も吸えない苛立ちを抑えつつ夜空を見上げると、たくさんの星々が輝いていた。驚くことに、瞬く星がひとつひとつはっきりと見える。まるで今にも落ちてきそうな錯覚を起こす。

「うわあ……」年甲斐もなく思わず声をあげてしまった。

こんなに綺麗な星空を見たのはいつ以来だろう。いや、初めてだ。自然と顔がほころんだ。道の脇を小さな川が下流へと流れていく。川の中に手を伸ばすと、冷蔵庫で冷やした水のように冷たい。

澄み切った空気と水、そして天然のプラネタリウム。こんな自然に囲まれては煙草も缶コーヒーも出る幕はない。普段、あまり触れることのない自然を前に、長旅と聞き込みで村中を歩きまわった疲れが一気に吹きとんだ気がした。

「横田さーん」

顔を上げると、駐在員が自転車に乗ってこちらに向かってきた。

「すんません、会合に出とってお迎えが遅うなりました。わたくし、中村、言います」

暗がりでよくわからないが、自分よりも年上のように横田には見えた。中村は本当に申し訳なさそうな顔で頭を下げた。

「いや、気にしないでください。こちらこそ急にすいませんでした」

「山吹署の宮澤さんからいろいろ伺っております。それで、なんか情報はありましたか」

横田は苦笑いを浮かべながら応えた。

「昔から住んでる人が多いから聞き込みも楽勝かと思っていたら、やはり亡くなられている方が多くて。今、住んでいる方はその息子さんとお嫁さん、孫夫婦なんですよ。戦前の状況を知ってるわけないですよね、甘かったです」

屋島儀一という人間がここで生まれ育ったことは確かだ。しかし、まるで存在していなかったかのように儀一についての情報がまったく出てこない。松濤から借りてきた儀一の写真をそっと取り出した。白い水兵服姿の儀一は済まなそうに微笑んでいるように見えた。

「そうですか……」

すると、残念そうに話を聞いていた中村の顔がぱあっと明るくなった。

「でも、今日はごちそうじゃ！　横田さんのためにイノシシ鍋を用意しましたけえ！」

「え？」

「はるばる東京の警視庁からこんな山奥まで来んさったんじゃ、ここは海が遠いんで刺身は食べられんがイノシシは食べ放題じゃ。さ、集会所でみんな待ってますから、はよ行きましょう！」

そう言うと中村は自転車にまたがり走りだした。いきなりの訪問にもかかわらず、嫌な顔もせずに歓迎してくれるのは嬉しいが、捜査が難航している今、イノシシなんて食べてる場合じゃない。のんびりムードに捜査の緊張感が乱されてしまうと思いながら、横田は息を切らし自転車のあとを追いかけた。

それから三時間後。横田は分校の用務員室の簡易ベッドで横になっていた。半ば強制的に食べさせられたイノシシの肉に胸焼けしてしまい、なかなか眠れないでいた。胃薬など携帯しているはずもなく、このままだと一睡もできない。

横田は胃のあたりをおさえながら起き上がると用務員室を出た。中村は駐在所の二階に夫婦で住んでいるが、さすがにもう寝ているだろう。

もしかすると保健室に薬があるかもしれないと思い、横田は壁を伝いながら暗い廊下を歩いた。歩くたびに軋む木の廊下に懐かしさを感じる。村の分校は教室が二つしかなく、校長室と職員室は同じ部屋にまとめられており、保健室はその隣の三畳ほどの小さなスペースでベッドも置いていない。

棚を開けるとすぐに剝げかかった茶色の薬箱が見つかった。胃薬の瓶を取り出すと、二、三錠口に放り込んだ。

用務員室に戻る途中、図書室らしき部屋を見つけた。六畳ほどの部屋には偉人の伝記や有名な物語の本がぎっしりと並べられてある。中には旧仮名遣いのものや、村民からの寄付本と思われるものもあった。

小学校時代に読んだ本を懐かしく眺めていると、「創立五十年記念　田丹羽分校の歴史」と書かれたくすんだ緑色の背表紙が目に入った。厚さにして五センチくらいの五十年史は、手に取るとずっしりと重い。この分校の歴史の重さをそのまま表わしているようだ。

「創立五十年か……」

五十年もの間には、この小さな分校で様々な出来事があったことだろう。

そう思った瞬間、ある考えが閃いた。急いで最後のページを開き、奥付に記してある発行年月日を見た。

昭和四十年三月三十一日という表記に、横田の目が大きく見開く。

年史を抱えて床の上に座り込むと、祈る気持ちでページをめくった。

「頼む、ここにいてくれ！」

破らんばかりの勢いでページをめくっていた横田の指がぴたりと止まった。

昭和八年六月三日　文楽鑑賞教室、大阪ヨリ来タリ。

その文字を見るなり心臓の鼓動が速まった。記事には写真が添えられてあった。分校の児童生徒と技芸員との記念写真だ。だが、長く年月が経ち、褪色したモノクロ写真に写っている顔は白くつぶれてしまっている者もいれば、ぼやけてしまっている者もいる。横田は儀一の写真を片手に持ちながら、ひとりひとりの顔に目を凝らした。この中に必ず、絶対に、儀一がいる。

「……！」

見覚えのある笑顔を見つけた。ランニング姿のイガグリ頭。小学一年生くらいの少年は、技芸員に頭をなでられて嬉しそうに笑っている。大きく開けた口の前歯がない。人懐っこそうな笑顔。これと同じ笑顔をついこのあいだ見た。

「松濤師匠?」

松濤師匠がこんな山奥にいるわけがない。他人の空似だ。だが、横田の目はその少年の横にいるひとりの娘の顔にくぎ付けになった。イガグリ頭よりも背が四十センチほど高く、高校生くらいの年頃のおかっぱ頭の娘。太く張りのある眉に切れ長の二重。すっと通った鼻筋に小さな唇。唇の下に黒子があればその顔はまるで、

「桔梗花魁……」

横田は息を呑んだ。

桔梗の顔そのものの少女が、白い丸襟ブラウスにもんぺ姿で立っている。そして少女の横には、同い年くらいの少年が寄り添うように佇んでいた。横に分けた髪、開襟シャツに半ズボン、恥ずかしそうに微笑む顔。横田は少年の横に儀一の写真を並べた。

「こんなとこにいやがって……ずいぶん探したぞ」

翌朝、横田は卒業生名簿を照らし合わせようと名簿の提出を分校の校長に掛け合ったが、保存されているのはここ二十年くらいのものしかないらしい。

だが、これはいい手がかりになりそうだ。横田は年史の長期の貸出の許可を取ると、そのまま東京・神楽坂へと向かった。

東京を留守にしていた間に、松濤の屋敷前にたむろしていた報道陣は誰もいなくなっていた。そういえば、新幹線で読んだスポーツ新聞の一面には美人女優とお笑い芸人の離婚が大きく報じられていた。おそらくそちらに流れ込んだのだろう。

「ごめんください」

横田は重たい五十年史を抱えながら門をくぐった。

あたりはシン、と静まりかえっていた。いつもなら亜紀良が出迎えてくれるのだが、今日は姿が見えない。

「ごめんください」

もう一度、今度は少し大きめの声を出した。

だが返事もなければ、こちらへ向かう足音も聞こえない。玄関の扉に手をかけると、鍵がかかっていない。草履がひとつ出ているのを確認すると、靴も揃えずに屋敷に上がり込んだ。廊下を走りぬけて、奥座敷へと向かう。途中、客間や仏間の襖を開けてみたが誰もいなかった。

嫌な感じの汗が額ににじむ。高齢の松濤に何かあったのかもしれない。もうひとつの客間を通り過ぎ、奥座敷に差しかかろうとしたとき、渡り廊下が見えた。

たしかあの向こうには茶室があった。横田は渡り廊下を走った。そんなに距離はないはずなのに入口が遠く感じた。引き戸に手をかけ、思い切り勢いをつけて襖を開けた。

「……師匠っ！」

叫びながら中に入ると、そこには茶釜を真ん中において座るふたりの男がいた。ひとりは亜紀良。もうひとりは、

「よろし」

点てた茶を飲み干したばかりの松濤であった。

「おや、横田はんやおませんか。いらっしゃい」

横田の姿を見るなり、松濤はにっこりと笑った。笑顔の半分を覆う青紫のあざがまだ目に慣れない。事件三日後に突然大きくなったというあざだが、原因は不明だという。

「茶室にいても玄関の鍵は閉めておいてくださいよ、物騒な世の中なんですから」

松濤を見たとたん、全身の力が抜けて座り込む横田に、

「ご心配をおかけいたしまして申し訳ございません。ただいま麦茶を持ってまいります」と一礼して亜紀良が茶道口から出て行った。

「出張でお疲れのところ、いらん運動さしてしもてすまんことでしたな」

「いえいえ。ああ、でも無事でなによりでした。そうだ、お写真ありがとうございました」

横田は鞄から儀一の写真を取り出すと、両手を添えて松濤に差し出した。

「儀一兄さんも久々に里帰りできて嬉しかったやろな」

松濤は目を潤ませながら愛おしそうに写真を眺めた。

「それで、なにかわからはりましたか」

横田は脇に抱えていた分校の年史を松濤の前に置いた。

「やはり儀一さんの親戚や当時を知る丹羽村の人たちはほとんど亡くなられていましたが、これだけがありました」

年史を見た松濤の目が大きく見開いた。ページをめくろうとする横田をはねのけるように皺だらけの手が年史を取り上げた。

「こんなもんがあったんか……！」

それは驚きと叫びが入り混じった声だった。

松濤は一ページ、一ページ、食い入るように見ていく。瞬きもせず、なにかを探すように、なにかを確かめるように、その目はひたすらに一字一句を追っていた。

ふと、横田の頭にランニング姿のイガグリ頭がよぎった。

「つかぬことをお伺いしますが、師匠は田丹羽村にいらっしゃったことはないですよね」

「あるで」

拍子抜けするほどすぐに返事が返ってきた。その目はまだページから離れない。

「じゃあ、なんでそれを隠していたんですか」

「隠していたわけやない。言いとうなかったんや」

「でもそれは事実を隠していたこと、隠蔽行為になるんですよ」

「言いとうないことやから言いとうないんや！」

怒鳴り声に今度は横田の目が見開いた。ページから顔を上げた松濤は、今まで見たことのない怒りの表情を浮かべている。握りしめた拳が膝の上で大きく震えていた。ここまで怒りを露わにするとは、松濤の過去にいったいなにがあったのか。横田はそれ以上責めず、静かに頭を下げた。

「不快な思いをさせてしまい、申し訳ありませんでした」

松濤は黙って頭を横に振った。

「わしこそすまんことして……横田はんに嘘ついてしもうたわ」

うなだれながら、松濤は両手を揃え、横田の前に差し出した。嘘をついたから逮捕しろと言うことなのだろう。横田の眉間に寄っていた皺が緩んだ。横田は両手をそっと松濤の胸元に押し戻した。

襖が開き、亜紀良が麦茶を持って入ってきた。松濤は一口飲むと、小さくため息をついた。

「今の世の中からは考えもつかんほどな、わしのうちは貧乏のどん底のどんどん底やったんや。いろんな土地を流れ流れてな。どこ行っても貧乏人の子供や、貧乏やのに金之助や言うて、いじめられた。そやけどな、あの村、田丹羽だけはちごうとった。あそこにおったのはたった半年やったけど、楽しい思い出ばかりやった。けど、どんなに楽しい思い出があっても、わしは貧乏やった頃のことはもう二度と思い出しとうないねん……」

貧しさゆえに想像を絶する日々があったに違いない。横田はもう何も言えなかった。

松濤の目からこぼれ落ちた涙が青紫色の頰をつたわり、ぽたり、と年史のページの上に落ちた。

それは昭和八年六月の文楽鑑賞教室のことが書かれているページだった。松濤の震える指がゆっくりと写真をなぞった。

「金がのうて分校に行かれんかったわしを鑑賞教室に誘うてくれたんが、儀一兄さんと園子姉さんや」

「園子さんと儀一さんはどういう関係だったんですか」

すると、松濤は口を閉ざした。辛い時代を思い出し、また言いたくないことでもあるのだろう。

「……いや、やっぱり今日はやめときましょう」

横田が松濤の気持ちを察し、聞き込みを中止しようとした時、松濤の口が開いた。

「儀一兄さんは……やったんや」

風に揺れる竹の葉音が声をかき消した。

「今、なんて」

「儀一兄さんは母親が夫の父親との間に産んだ子なんや」

横田は言葉が継げなかった。

それから松濤は、屋島儀一の生い立ちをぽつりぽつりと話し始めた。

儀一は生まれるとすぐに母親の兄である屋島勝彦の元へ養子に出された。子供のいなかった勝彦夫婦は儀一を実の子同然に可愛がった。だが、不義が原因で離縁された母親が儀一に会いに来たために、儀一は自分の出生の秘密を知ってしまう。荒れた儀一をたしなめたのが母親の姉の子供だった園子だ。

「三つ違いのふたりはほんまに仲が良うてな。園子姉さんが儀一兄さんに勉強教えたり、儀一兄さんが園子姉さんに川で泳ぎ教えたりしてな、わしもふたりから弟みたいによう可愛がってもろうたわ。園子姉さんはお母はんの影響で歌舞伎や文楽が好きでな、三味線習いがてら大阪に観に来てたそうや。そんなことで、田丹羽の皆にも見せてほしいて直談判したんやそうな、美津雄はんに」

「美津雄はん……？」

「協会会長の三枝美津雄や。昔は桐谷潤之助って言うて、そりゃあ顔立ちもきれいで、花形の人形遣いやったんや。ほれ、これが美津雄はんや」

松濤は写真に写った、イガグリ頭の松濤を撫でている男を指さした。二十歳前後と思われる三枝美津雄は松濤の言う通り、二枚目俳優のようなルックスでスター然とした佇まいをしている。

「儀一兄さんは園子姉さんのためによう文楽人形を作ってはったんや。それを美津雄はんらが田丹羽に来た時に園子姉さんが見せたら、美津雄はん、えらい驚いてなあ、これは素人が拵えたとは思えんくらい凄い人形や、お前、大村龍三郎《おおむらりゅうざぶろう》先生の弟子になれ、すぐに大阪来ぇ《け》へんかって儀一兄さんに言うたんや。はんで儀一兄さんは十九の時に人形研究生になったんや」

そして、弟子入りして五年後。儀一は異例のスピードで四代目大村龍三郎を襲名したのだった。一人前の人形師となった儀一は園子をめとる許可を得るために田丹羽村に戻るが、そこで驚愕の事実を知ることになる。

「園子も儀一の母親が産んだ子供やったんや。儀一の母親は結婚前から自分の夫の父親と関係を結んでおった、とんでもない売女やったんや！」

園子も儀一と同じく、生まれるとすぐに母親の姉に養女に出されていたのだった。互いに好意を持ち、将来を約束し合っていた儀一と園子は奈落の底につき落とされた。どうすることもできない現実を悲観し、ふたりは心中を図るが寸前で発見され未遂に終わる。

「園子姉さんは精神的に不安定になってしもて、遠縁が医者をしておる東京の言問橋《ことといばし》のほうにある病院へ入院したそうや」

松濤は麦茶をひと口すすった。

「それから時代は悪いほうへ悪いほうへ行きよってな。戦争の影がどんどん濃うなっていきよった」

そんなある日、園子の親戚の伝手《つて》で向島《むこうじま》のネジ工場で下働きをしていた松濤の元に、儀一が訪ねてきた。

「儀一兄さんは大村先生のお言いつけで東京のご贔屓さんの孫娘さんと見合い結婚して、高砂のほうに家建ててな、ほんで向島に人形の材料を買いに来た時、わしの姿を見かけて後をつけてたらしいんや。わし、ほんま驚いたわ！　それから時々会うようになってな、儀一兄さんの口利きで劇場に出入りさせてもろて、ほんでしばらくしてから吉村花濤《かとう》師匠に弟子入りすることになったんや。まあ、わしの話なんかどうでもええ。でな、ある時な、儀一兄さんがわしに預かってほしいもんがあるて言うたんや。あれ、持ってきてや」

「かしこまりました」

亜紀良はすっと立ち上がると茶室を出ていった。松濤からなんの説明も受けないまま、どこへ行ったのか。長年連れ添った夫婦以上の阿吽《あうん》の呼吸に驚いていると、まもなく亜紀良が茶室に戻ってきた。

亜紀良は漆塗りの黒い長方形の箱を捧げ持つと、松濤の膝元にうやうやしく置いた。そして、一礼をするとすぐさま茶室から出ていった。松濤が箱の蓋を開けると、薄茶けた和紙がちらりと見えた。

「これは？」

箱から取り出したものは、紐で綴じられた厚い本が二冊。

「これが『しだれ桜恋心中』の床本《ゆかほん》と三味線の譜《ふ》や」

松濤の手がそれぞれのページを開き、横田に見せた。紙面いっぱいに描かれた浄瑠璃文字と譜を見ていると、今にも太夫の語りと三味線が聞こえてきそうだ。

「この字、みんな儀一兄さんが書いたんやで。儀一兄さんは『しだれ桜恋心中』の作者で、三味線の譜を書いたのは園子姉さんや。田丹羽にいてた頃、ふたりで作ったそうや」

「でも、ずっと作者不詳と言われていましたよね」

「それは美津雄はんとわしがそういうことにしときまひょと決めたんや」

「なんで……」

「儀一兄さんと園子姉さんを守るためや。田丹羽村の皆がふたりのことは絶対に口外してはならん、自分の子供にも言うてはならん、この話はみんなで墓場まで持っていくんやと取り決めた話を聞いたからや。だから、横田はんが田丹羽に行った時、誰からも何も聞けんかったやろ。皆、ほんまに墓ん中に持っていきよったんやと思うたわ」

もしかしたら、最初に話を聞いた老婆はふたりのことを知っていたのかもしれない。横田はそんな気がした。小さな村ゆえにその結束は固く、時を経ても悲劇の恋人たちを守ったのだ。

「したが、まさか分校の年史に写真が載っとるなんて思いもせなんだわ。これを作ったのは儀一兄さんや園子姉さんのことも何も知らん、今の時代の人とは思うがね……」

横田は松濤の言葉を聞きながら、床本をそっとめくった。古い本独特のほこりっぽい臭いが、ページをめくるたびに香った。

「儀一さんはなんでこれを師匠に託そうとしたんですか？」

「赤紙やな」

敵国との戦争が勃発し、若い男たちは毎日のように戦場に駆り出されていった。そして、ついに儀一のもとにも召集令状が送られてきたのだった。一方、松濤は結核が原因で入隊できなかった。

「儀一兄さんは、金ちゃんは戦争に行くことはないやろうからって、自分の命よりも大切なものを預かっておいてくれと……ほんで……戦死してしまいはったんや……」

最後のほうは涙声になっていた。松濤は目がしらを着物の裾で押さえていたが、あふれ出る涙に堪え切れなくなり、倒れるように畳に突っ伏した。声こそ上げないが、小さな体が大きく震えている。

戦争が終わって半世紀以上経っても、人の心に深く刻まれた悲しみと痛みは決して癒えないことを、その姿は表わしていた。

何も言葉をかけられないまま、しばらく時が過ぎた。

松濤はゆっくりと体を起こすと、小さな声で「すんまへん」と言った。赤く滲んだ目をしょぼしょぼさせながら袂《たもと》からちり紙を取り出すと鼻をかんだ。

「最初、儀一兄さんから預かったんは床本と譜だけやったんやけど、出征する前に人形持ってきはったんや。ぎりぎりまで作っとった言うて、息切らして花濤師匠の家のわしの部屋にやって来た。見れば、園子姉さんの顔そっくりでな、わし、懐かしうて懐かしうて思わず『園子姉ちゃん』言うて抱きしめたら、『こら、わしの恋人になにしとるんだ』って頭ポカってされてな……あの時の笑った顔、忘れられん……」

それから東京も空襲が激しくなり、儀一から預かった床本と譜、そして桔梗を抱きしめながら命からがら東京を離れたという。

「入院していた園子さんは無事だったんでしょうか」

「いや、三月の大空襲で……」

言葉はそこで切れた。

あの日。早春の夜空の下、言問橋付近に住んでいた住民がどういう末路を辿ったかは史実から窺い知れる。横田も松濤もそれ以上園子について話すことを止めた。

松濤は床本と譜をそっと手に取ると、愛おしげに胸に抱きしめた。

「この床本と譜、そして桔梗は儀一兄さんと園子姉さんの魂そのものなんや！　戦中戦後の大混乱の中で、わしはこれを、桔梗を、命がけで守ったんや！　やのに、それやのに、何が……何が……呪いの演目や！」

こぼれ落ちた涙が、深く刻まれた皺の上を、青紫のあざの上を、幾すじもつたう。

「でも、実際、死亡者が二名出ましたよね。大阪で行なわれた復興公演で」

「あれは病死や！　ふたりとも年寄りでもともと心臓が悪かったんや、呪いなんかやありまへん！　桔梗が、園子姉さんが自分に関係ない人間を呪うわけないやないか！」

床本と譜を抱きしめたまま、松濤は体ごと頭を横にぶるぶると振った。松濤にとって「呪いの演目」と言われることは許しがたいものなのだろう。

横田は松濤を見据えた。

「屋島達也さんの死体発見現場に残されていた人形は、『しだれ桜恋心中』の主役である桔梗花魁でした。桔梗は自分の刀で突いたかのように胸を赤く染めていました。そして、この胸から流れた赤い液体は付けられたものではなく、内側から出たものでした。鑑識の結果、この液体は塗料やインクではなく、人間の血液だと報告されましたが、屋島達也さんの血液とは符合せず、よって犯人のものであることが予測されます」

横田はじり、じり、と松濤に詰め寄った。

「私が初めてこのお屋敷に伺った夜、師匠は屋島達也と久能雅人の事件について、あのふたりは呪い殺されたとおっしゃいました。それは『呪い』だという確信があるからおっしゃったのでしょうか？」

にじり寄る横田を拒絶するように、松濤は床本を抱きかかえたまま動かない。

「この仕事に就いて三十年以上経ちますが、呪いが原因だと仮説が立つ事件は今回が初めてです。正直、そんなものが原因だなんて認めたくありません。仮説の通り、桔梗という人形が呪ったにしろ、呪う行為に至るその根源を知りたいんです。さきほど、師匠は『桔梗が、園子姉さんが自分に関係ない人間を呪うわけない』とおっしゃいました。その言葉を裏返すと『自分に関係のある人間を呪う』ということになりますよね。儀一さん、園子さん、桔梗、この三人に深く関係している人間は、屋島達也以外にはあなたしかいません。松濤師匠、次に呪われるとしたら、あなたかもしれないんですよ」

横田は瞬きもせず松濤を見つめ続けた。松濤の顔をこちらに向けさせてみせる。話すまで絶対にここから動かねえ。この執念深さで俺は三十年以上メシを食って来たんだ。横田は目に力を込めた。締め切った茶室に横田の荒い息遣いだけが聞こえる。

突然、雨音が聞こえた。

徐々に大きくなる雨音に、夕方から大雨注意報が出ていたのを思い出した。ここ数年の異常気象のせいで雨の降り方までおかしくなってきた。すべての音を遮断するかのような雨音のうるささに、集中力が途切れそうになる。一向に動かない松濤に痺れを切らし、横田は声をかけた。

「師匠……」

反応がない。思わず伸ばした横田の指が小さな肩に触れた時だった。松濤の体が前のめりに崩れ落ちた。

救急車で信濃町の大学病院に運ばれた松濤は、すぐさま集中治療室に入った。締め切られたドアの前を横田は落ち着かず歩きまわっていた。

「横田さん！」同僚の浅沼が駆け寄ってきた。「倒れたっていったい……」

「どうやら脳梗塞らしい」

横田の言葉に浅沼は、ああ、と肩を落とした。

「後遺症が残れば、喋ることも動くこともできなくなるかもしれない。そうなると師匠は引退しなきゃならねえ」

横田は待合いのソファに腰を下ろすと、固く目を閉じ両手で顔を覆った。

松濤はすべてを知っている。そして何かをまだ隠している。そんな予感と確信があったのに……。いつもなら多少強引にでも任意を取って署内で事情聴取をしてしまうが、相手が高齢だという配慮が欠けていた。申し訳なさが苛立ちとなり、握り拳でソファの背を思い切り叩いた。大きく響いた音に看護師が咳払いをする。

浅沼が横田の肩を叩いた。

「横田さん、あの人……」

顔を上げると、亜紀良とともに廊下を駆けて来る老人が見えた。先週、事件後の記者会見で会って以来になる、協会会長の三枝美津雄だった。

三枝は横田と浅沼の姿を見るなり、深々と頭を下げた。目はおどおどと落ち着きがなく、かなり動揺しているようだ。

「金ちゃん……金ちゃん……！」

よろよろとした足取りで集中治療室のドアにへばりつくと、松濤の名を呼んだ。

するとと自動ドアが開き、中から主治医が出てきた。

「長谷川金之助さんのご家族の方は？」

三枝が主治医の前に歩み出た。

「金ちゃ……長谷川さんに家族はおりませんが、わたくしと彼は家族同然の間柄です。申し遅れました、わたくしは日本文楽協会会長を務めております、三枝美津雄と申します。そして彼は、長年長谷川さんの身の回りの世話をしている柏木という者です」

三枝の顔からさきほどまでの動揺は消えていた。すっと伸びた背筋と目の輝き。はきはきとした口調からすると、耳は遠くないようだ。その佇まいからはとても九十すぎには見えない。

主治医は少し考えこんだが、

「……わかりました。では病状について詳しくご説明いたしますので、どうぞあちらへ」と三枝と亜紀良をフロア奥の診察室へ促した。

横田は診察室のドアが閉まった音を確認すると、浅沼の上着の袖を引っ張り、耳うちした。

「大至急、長谷川金之助と三枝美津雄の身元を調べてくれ」


事件の八ヵ月前、八月――。

二週間半の東京公演を前に、技芸員たちは五日間の夏休みに入った。

正月は大阪公演のために東京にいられなかったこともあり、達也は高砂にある実家に帰ることにした。稽古を終えて夕食を取ったあと部屋に戻り、簡単な着替えをボストンバッグに詰めてい

ると、

「入ってもええか？」襖の向こうから松濤の声がしたので、達也は慌てて襖を開けた。

「たった五日間で申し訳ないんやけど、羽根、伸ばしてきいや」

松濤は袂からぽち袋を取り出した。

「師匠、いいですよ、気を遣わないでください」

「ええんや、ええんや、持っていき。あんたんとこはお母はんひとりなんやろ、これでお母はんになんか土産でも買うていき」

それでも受け取ろうとしない達也に、松濤はぽち袋をボストンバッグに強引に押し込んだ。ここまでされては突き返すわけにもいかない。

達也は降参して「ありがとうございます」と頭を下げた。

「梅濤はんも母ひとり子ひとりやったからな」松濤がぽつりと呟いた。

「戦後の混乱の中で、女手ひとつで子供を育てるのがどんなにしんどいことやったか……梅濤はんのお母はんもようがんばらはったわ」

「でも、祖母については父からあまり話を聞いたことがないんです。祖父と同じで早くに亡くなってるせいかもしれないんですけど」

今までさほど気にはならなかった状況が、今は歯がゆくてならない。

真琴の父親の通夜の日に桔梗から聞かされた祖父・屋島儀一の存在。人形師であったこと、その祖父が最後に作った人形が桔梗であること、そして、桔梗のモデルとなった姉の新宮園子と祖父が愛し合っていたこと。

父からも母からも聞いたことのない話ばかりで、半分信じられないでいた。それを確認する手立てもない。だが、生き証人は目の前にいる。大阪公演や海外公演が重なり、なかなか聞く機会に恵まれないでいたが、やっとチャンスが巡ってきた。達也は震える唇を開いた。

「師匠は、屋島儀一をご存じなのですか」

松濤はしばらく黙っていたが、深く頷いた。

「僕の祖父だったということも、ご存じでしたか」

松濤は再び深く頷いた。

「では、祖父が……あの人形を作ったことも」

「誰に聞いたんや」

松濤の目が鋭く光った。達也はしまった、と思った。

「……清武おじさんです」とっさに口から出てしまった。桔梗から聞いたなどと言えるわけがない。顔がこわばり、体が震える。松濤はしばらく達也の顔を見つめていたが、

「そっか。清武か。あれは梅濤はんと仲が良かったからの」と、納得したようだ。師匠に嘘をついたことが達也は後ろめたかった。

それから松濤は儀一との出会いを含め、『しだれ桜恋心中』のことを話し始めた。

「桔梗はわしが儀一兄さんから預かったものや。儀一兄さんは出発する直前まで桔梗を作ってはったんや。ほんで、あの人形が完成し、儀一兄さんは心残すことのう出征していかれたんや……儀一兄さんが園子姉さんと一緒に作った『しだれ桜恋心中』の床本、三味線の譜、そして桔梗をわしに託したんは、現世で叶えることができなんだ想いを夢の世界で成就させたかったんやとわしは思うたんや」

その想いとは新宮園子との恋なのだろう、と達也は思った。小さな山村で生まれた悲しすぎる恋を、心中という形をとって成就させたのだ、と。そう思う一方で、口にこそ出さなかったが儀一と園子は自分たちの母親を恨んでいたかもしれない。同時に、忌わしい出生を背負った自分たちのことも呪ったかもしれないとも思った。床本と譜と桔梗にはふたりのさまざまな想いが込められている。達也にはそう思えてならなかった。

時計を見ると零時を回っていた。

「今まであんたに儀一兄さんとのことを話さんかったことはこのとおり謝る。梅濤はんにも謝る。すまんかった、許してくれ……」松濤は畳に手をついた。

「したが、言えんかったわしの気持ちも察してくれ」

すべては不幸な生い立ちを背負った祖父を思いやってのことだと思うと、達也は責める気持ちも起きなかった。

松濤が頭を上げてから、達也は再び問うた。

「父が人形遣いになったのは偶然なんでしょうか」

それは一番の疑問だった。

「おそらく、父は祖父が人形師だったことを知らないはずです。もし知っていたら僕に話すと思うんです」

すると、松濤は「やはり聞いてきたな」とでも言うように微かに笑った。

「梅濤はんが人形遣いになったんはわしがスカウトしたからや」

「師匠が⁉」松濤は頷くと、当時を思い出すように語り始めた。

「鑑賞教室でな、高砂の小学校へ行った時や。梅濤はんはたしか小学五、六年くらいやったかな。みんな眠たそうな顔しよった中で、ひとりだけ目ぇ、キラキラさせてな。目元と鼻の形、口の大きさ、なんもかんも儀一兄さんそっくりな子供が『おじちゃん、人形触らせて』って言うんや。ほんで子供の名札見たら、屋島卓郎って書いてあるやないか。びっくりしたで！　ほんま、心臓が飛び出そうになったで！」

儀一の無念の思いが松濤との出会いを結びつけたのだろうか。そしてその思いの引力に自分も引き込まれてしまったのかもしれないと達也は思った。

「ほんで、朱雀をスカウトしたのは梅濤はんなんやで」

「えっ……そうなんですか！」

達也は驚いた。あの朱雀を父が発掘していたとは。達也の脳裏に朱雀と真琴の顔が思い浮かんだ。

先月の大阪公演から達也は松濤の楽屋手伝いになり、朱雀と話すことはあまりなくなっていた。あの通夜の出来事があって以来、朱雀と接触することを避けていた達也だったが、それまで朱雀とはいい関係でいただけに気まずさが残った。

真琴は悟の初七日が終わると仕事に復帰した。大阪公演の床山部屋で久々に顔を合わせたが、少し痩せたような気がした。「通夜に来てくれてありがとう」と礼を言われたが、思わず背を向けてしまった。

ふたりの関係を受け入れることができずに冷たい態度を取る自分と、真琴のことが頭から離れない自分。二つの思いの間で、達也は葛藤していた。

桔梗ともあの夜以来、会っていない。あれからどうやって自分が神楽坂に帰ってきたのか未だに思い出せないでいるが、真琴が首倉庫の鍵を持っていることから、桔梗とも疎遠になってしまった。

松濤はテレビの横にある時計をちらりと見ると、立ち上がった。

「おお、もうこんな時間や。えらい遅うまでつきあわせてしもて、すまんかったな」

「師匠、待ってください！」

襖を開けて部屋を出ようとした松濤は、達也の声の大きさに目を丸くした。

「なんや、そんな大きい声出して、びっくりしたぁ」

「すいません。でも、あとひとつだけ聞きたいことがあるんです」

達也の言葉に松濤は腰を下ろした。

「お父はんのことか？　儀一兄さんのことか？」

達也は頭を横に振った。

「『しだれ桜恋心中』が上演されるのは、ほんとうなんですか？」

松濤は瞬きもせずに達也を見つめ返した。時計の秒針が動く音と庭の鈴虫の声だけが響く部屋で、ただ向かい合う時間がしばらく続いた。

「ほんまや」

松濤がぽつりと呟いた。

「人がふたりも死んだ演目を、金のためにかけるんですか！」

思わず出た非難めいた言葉にも、松濤は言い訳せずに頷いた。

「わしは昔、腹が減って減ってしょうもなかったとき、泥を食うたことがある。人間、生き残るためやったら、それが泥やろうが石やろうが胃袋に入れなあかんねや」

松濤は立ち上がると、達也の次の言葉を遮るように襖をぴしゃりと閉ざした。


翌日、松濤は朝食の席にはつかなかった。食欲がないらしい。去年から朝食をとらない日が度々ある。昨夜のことで松濤とも気まずくなった気がして、屋敷を出る前に部屋に様子を見に行ったが、松濤はまだ布団の中で小さくイビキをかいていた。

達也は眠る横顔のそばで両手をつくと、「それでは行ってまいります」と頭を下げた。

実家に帰るのは一年ぶりになる。住み込みの修業で思うように自分の時間が取れないことは母親も了承済みだが、やはりどこかで寂しさはあったのかもしれない。夏休みのことを伝えると、嬉しそうな声が受話器から聞こえた。電車の中で昨夜松濤がくれたぽち袋をそっと開けてみると、五万円も入っていた。松濤の笑顔が目に浮かび、涙が滲んだ。

どん底の貧乏生活から這い上がり、人間国宝という地位を築くまで、松濤がどれほどの苦労と努力をしたのかは稽古の厳しさに如実に表われている。だが、稽古や舞台が終われば人を思いやる、弟子を大切にする老人である。そんな松濤が、命をかけて守った『しだれ桜恋心中』の上演を承諾したのは、達也を始めとする技芸員たちを守るためなのだということを、今、悟った。ならば、弟子である自分も師匠の気持ちに従わなければ。

だが、桔梗は納得するだろうか――。

助成金の削減など人形にとっては知ったことではないだろう。きっと、自分の物語が身売りされるような行為に怒り狂うに違いない。

達也は門前仲町に向かった。真琴も今日から夏休みのはずだ。首倉庫の鍵を借りて桔梗に会い、説得しようと思った。

駅の階段を上りきると、強い日差しとむっとした湿気と熱気、アスファルトの照り返しに顔が歪む。暑さの盛りの時期とはいえ、毎日上がり続ける気温にはさすがに閉口してしまう。アーケード街を抜け、路地裏に入ると、打ち水をした道がほんのりと涼を呼んだ。その奥にトタン屋根の家が見えた。

もしかしたら、朱雀が来ているかもしれない。一瞬、不安になった。だが、たとえ朱雀がいたとしても、玄関先で鍵を借りてすぐに帰れば顔を合わせずに済む。達也は道すがら、頭の中で何度もシミュレーションを重ねた。そして、真琴の家の前に立つと息を吸い込み、「ごめんください」と大きく声をかけた。

すぐに奥から「はあい」と声が返ってきた。真琴の声だ。そう意識したとたん、胸がどきどきしてきた。引き戸を開けた真琴がこちらを見て驚いた顔をしたので、達也はぎこちない笑みを返した。長い髪をアップにしてまとめており、火傷の痕がはっきりと見える。慌てて目を逸らすが、当の本人はあまり気にとめていない様子だった。

「すいません、いきなり来て」

「別にいいけど、どうかしたの？」心配そうな、でも少し怪訝な顔。

「首倉庫の鍵を借りたいと思って……いや、実は桔梗と話がしたくて」

真琴が小さく「えっ」と声を上げた。

「今、桔梗とあなたの話をしていたところなの」

驚く達也を見て真琴はクスッと笑った。

「毎日暑いのに花魁道中の着物じゃあ可哀そうで、夏休み中に新しく浴衣を仕立てようと思って家に連れてきたの」

真琴は格子戸を閉めると、達也に早く上がるようにと促した。

「浴衣、縫えるんだ」

「父から教えてもらったの。床山は髪だけできればいいってもんじゃないって。着付けはもちろんだけど、和裁もひととおり習ったわ」

「俺も人形遣いは人形だけを動かせばええもんやないって師匠から言われました。歌舞伎や能、バレエやオペラ、落語や漫才に新喜劇、ロックやジャズのライブまで見に行かされましたよ」

「松濤師匠らしいわね」

今までの気まずさが嘘のように会話が弾む。本当はまだ心にわだかまりがあるのに、それを覆い隠すことができる大人の狡さを自分はいつのまにか身につけてしまったのだと思った。

奥の六畳間に入ろうとすると、真琴に「ちょっと待って」と止められた。

「いま着物をかえているところだから」とささやくと先に部屋に入っていった。しばらくすると部屋の中からひそひそ声と衣擦れの音が聞こえてきた。女の子の着替えを待つなんて久々だが、相手が人形とはなんとも複雑な気分である。

「いいわよ、どうぞ」

その声に襖を開けると、縁側に佇む桔梗の横顔が見えた。

紫の桔梗が白地の秋草模様に浮き立つ浴衣に、黄色の染め帯。そして、髪はいつもの伊達兵庫ではなく、編み込みの三つ編みにされ、赤いリボンが結ばれている。深紅に染まっていた唇はほんのりと淡い桃色に染まり、吉原一の花魁から下町に暮らす美しい娘にがらりと変身していた。

まるで別人、と言っていいくらいの変貌ぶりに驚き、突っ立ったままでいる達也に真琴は「なんか言いなさいよ」というニュアンスを含んだ咳ばらいをした。

桔梗は達也からの言葉を待っているかのように、部屋に入ってきたことに気づいていないふりをして、こちらを向かない。静かに団扇《うちわ》を使いながら、庭に咲く百合の花に見入っている。

「ああ……桔梗、久しぶり」

「……」

「会いたかったんだけど、いろいろ忙しくて」

「……」

「今日から夏休みでさ」

「……」

真琴が脇腹を肘でつつく。「浴衣、ゆ、か、た」と、小声で指示をする。

「桔梗、その浴衣、すごく似合ってる！　それに、髪形も可愛いよ」

桔梗の顔がゆっくりとこちらを向く。言うのが遅い、とでも言うように口を尖らせているが頬がほんのりと赤く染まっている。やっぱり女の子だな、と達也は思った。

今、目の前にいるのは人形ではなく、ひとりの可憐な娘であった。花魁の姿からはなかなか想像できなかったが、祖父が愛した新宮園子はこういう娘だったのかもしれない。

「ほんと、素敵だよ」それはお世辞ではなかった。

「良かったわね、桔梗」

真琴がにこにこしながら座卓に麦茶を置いた。今度は真琴の笑顔に目を奪われる。こんな笑顔を見るのはこれが初めてかもしれない。

「わちきの浴衣姿よりも、真琴の笑顔のほうが勝るようでおすね」

桔梗の声に我に返る。桔梗は達也を一瞬睨むと、つんと顔をそむけた。

「何言ってるのよ。ほら、達也くん、桔梗の機嫌直してあげて」

真琴はそう言うとまた台所へ引っ込んだ。

「直せって言われても……」

桔梗は横を向いたまま、つまらなそうに団扇を使っている。女の子がちょっとしたことで機嫌を悪くするのはよくあるけど、人形もそうなるのか。妙なところに感心しながらも、人間と人形が会話をしている状況にすっかり慣れている自分に気づいた。

真琴が切った西瓜を皿に乗せて部屋に戻ってきた。そのうちの一切れを別の皿に乗せると、経机に供えた。神崎悟が床山部屋で笑っている写真が飾られている。達也が線香に火をつけ、おりんを鳴らすと真琴も一緒に手を合わせた。伽羅《きやら》の甘い香りが部屋に漂い始めた。

「わちきに話があるらしいが、何でござんすか」

縁側に座っていた桔梗がこちらに近づいてきた。ゆっくりながらも一歩一歩しっかりとした足取りで達也の前に来る。達也は姿勢を正した。

「『しだれ桜恋心中』が上演されるみたいなんだ……」

「なんですって！」声を上げたのは真琴だった。

「最初、由良さんから聞いたんだけど信じられなくて、昨日の夜、師匠に確認したら本当だったんです。来年度から助成金が削減されることが原因らしくて……」

真琴に話しながら桔梗の顔を見た。その表情はさきほどと変わっていない。怒りもしなければ、泣きもしない。達也は、はっと気づいた。

「桔梗……お前、知ってたのか」

「潤之助から聞きました」

「三枝会長……」真琴の顔色が変わった。「まさか、あの人も聞こえるの？」

桔梗は静かに頷いた。あからさまに不快な顔をしている。

「あの男は自分の器量で、傾城や娘など女形の人形たちを惑わし、『声の力』をつこうていっぱしの人形遣いに成りあがりいした。人形遣いの風上にもおけぬ汚い男でございます」

桔梗が三枝美津雄に嫌悪感を抱いていることが、その罵りに表われている。

「あの男は四世桐谷潤之助の息子として生まれたが、素質《すじ》が悪うござんした。けれども、親やまわりの人間たちはみな、あの男に期待しいした。ゆくゆくは名を継ぎ、先々の文楽を担う人間になる、と。その期待を裏切るまいとあの男も精いっぱいつとめましたが、なかなか上達せずにおりいした。その時、『あわ雪娘夢之舞《ゆきむすめゆめのまい》』のお紺があの男に声をかけてしまったのです。あの男はお紺の主遣いでしたから」

桔梗は言葉を続けた。

「わっちらには、聞こえる人間にしか話しかけてはいけないという掟がありんす。聞こえぬ人間にわっちらから話しかけると、その人間は声が聞こえるようになってしまいます」

達也と真琴は顔を見合わせた。

「わっちらの声が聞こえる人間は、人形を愛しう思い、慈しむ心のある人間だけ。あの男は、そんな心なぞかけらも持っておりません。自分の物覚えの悪さを人形のせいにして恨みに思うていました」

「でも……俺は聞こえてなかったぜ、神崎さんに首倉庫に連れていかれるまでは」

桔梗は頭を横に振った。

「おまはんは顔をぬぐうてくれたましたゆえ」

「え？」

「もう忘れたのですか、あの夜のことを」

だが、どう思い返しても、あの時、桔梗の声は聞こえていなかった。考えこむ達也を見て、桔梗は「もう、よい」とため息混じりに笑う。

「あの夜、箱が落ち封を解かれてまず思うたことは、『顔をぬぐうてほしい』でありんした。江戸一番の華と言われたわちきがあの箱に閉じ込められて六十数年間、一度も顔を洗うたことはありんせん。それはそれは苦しうて辛いことでおした」

「だったら御榊を取り換えに行った時、私に言ってくれれば良かったのに」

不満げに真琴が言う。

「おなごに顔をぬぐうてもらうよりも、殿方にぬぐうてもらうほうが気分が良いではござんせんか」

片手を添えてクスクスと笑う顔が、可憐な町娘から吉原一の花魁へと変わった。

「孔雀、おまはんはわちきの願いを叶えてくださんした。あの時、おまはんにはわちきの声が聞こえなくとも、わちきにとっては聞こえたも同じでございます」

桔梗の手がそっと達也の手に重なった。

「なんといっても、おまはんには儀一の血が流れておりいす」

白い小さな手には温もりが感じられた。まるで血が通っているようだ。

「お紺は悩み苦しむ潤之助を見ているうちに好いてしまったわけで……なんとか力になってやりたいと思い、掟を破うてしまいした」

それは今から六十数年前、大阪文楽座の稽古場でのことだった。

襲名披露公演を半年後に控え、三枝美津雄はひとりで連日連夜居残り稽古をしていた。師匠である父、三世桐谷潤之助から何回も同じことを注意されているのに、動きの鈍さが取れない。父から出る「頭《ず》」も、演技の動作なのか頭なのかがわからずタイミングが読めない。おびえながら様子をうかがう姿にますます祖父と父の苛立ちが募り、毎日のように怒声が飛ぶ。

それにひきかえ、五年前に吉村花濤の弟子になった松濤は、卓越した技術と演技力で注目を集めていた。田舎の分校にいたイガグリ頭の貧乏少年は、己の心と体を文楽にささげるように昼夜努力をし、才能を覚醒させ、あっという間に人形遣いの期待の星となっていた。

美津雄は焦った。三代続いた人形遣いの家に生まれ、十三歳で祖父に弟子入りしたが、美津雄には松濤のような才能はなかった。だが、初代桐谷潤之助が素晴らしい人形遣いだったために、周りの人間はそれ以上のものを美津雄に期待した。そうした環境から逃げ出したかったが、そんなことをすれば間違いなく勘当、いや絶縁だ。

美津雄は過大な期待に押しつぶされそうになりながらも、毎日稽古をするしかなかった。

そんな時だった。

「お前さまの心をくれぬか」

真夜中の稽古場に声がした。自分のほかには誰もいないはずなのに。

「くれるなら、お前さまの願い、わらわが叶えてさしあげる」

もう一度声が、今度は耳元でささやかれたように聞こえた。横を見ると、『あわ雪娘夢之舞』のお紺が微笑んでいた。


風鈴がちりん、と音を立てた。吹きこんできた柔らかな夕風に桔梗は目を細めた。

「それ以来、あの男の動きは見違えるほどになりんした。それもこれもみな、お紺が与えた力のおかげ。けれども、あの男はほかの女形にも媚びを売るようになったのでございます。甘い言葉をかけ、いいように遣い、そればかりか、わちきにまでも媚びたのです」

桃色の唇がわなわなと震える。

「それで……お紺さんはどうなったの」

「掟を破うた罪と、あの男に捨てられたことを嘆いて、顔を割りんした」

「ひっ」真琴が口を押さえた。

「それってまさか」

達也の言葉に桔梗は目を閉じた。

「のみで自分の顔を割る。武士の世界でいう切腹と同じに、わっちらの世界での自害のやり方です」

固く閉じた目から透明な雫がこぼれ落ちた。一筋、もう一筋と流れるそれは、間違いなく「涙」であった。白い頬をつたう涙は水晶の球のように見えた。その透明な雫を集めれば綺麗な数珠ができそうなほどの。

達也は手を伸ばすと桔梗の顔を指で拭った。

「ありがとう……」

か細い声が聞こえた。日差しが傾き、部屋に夕影が差してきた。蟬の暑苦しい鳴き声と鈴虫の涼やかな声が混じりあって聞こえる。

その声を聞きながら、達也はぼんやりと考えた。

左遣いの初舞台の時、桔梗は最初の五分間だけ「情け」をかけたと言っていた。突然の初舞台にもかかわらず、緊張で体が固くなることもなく、朱雀とも息をぴたりと合わせることができた。自分でも恐ろしくなるくらいに快心の出来ばえだった。それが桔梗たちの言う「力」からくるものならば、切羽詰まった人形遣いはすがりつくに決まっている。三枝美津雄はそれほど追い詰められていたのだ。

歌舞伎のような世襲制度はないにしろ、代々続く文楽の名家に生まれれば、やはり周囲は期待してしまう。その中で三枝美津雄はもがき苦しんだに違いない。

だが、神崎悟の通夜で出会った三枝美津雄には苦悩に満ちた過去の影はなく、協会のトップというオーラをまとっていた。背筋がすっと伸び、潑剌として自信に満ちたその姿は、人形の声を利用し、その心を踏みにじって得たものだったのか。

朱雀に続き、夢の世界の裏側を見てしまったような気がして、やるせなくなった。

いつのまにか真琴が麦茶を注ぎ足してくれていた。

達也は一口含むと、「会長から上演の話を聞かされたのはいつ頃なんだ？」本題を切り出した。

「あの通夜の日でございます」

由良から話を聞いた日だ。

「わちきが通夜に向かう前、首倉庫にあの男が来いした」

「でも鍵は、鍵は私しか持ってないはずよ！」真琴が身を乗り出した。

「あの男も持っておりいした。きっと、昔、同じものを作ったのでござんしょう。潤之助はわちきに土下座までして許しを乞うたのです。わちきも最初は駄目と言いなんしたが、文楽と技芸員のみなを救うためと言われたら、いやとはもう言いんせん」

「桔梗は本当にそれでいいのか？」

達也は桔梗を見つめた。

祖父の人生を語った松濤の言葉のひとつひとつが頭をよぎる。

「俺のじいちゃんがどんな思いであの話を、お前を作ったか……文楽と技芸員を救うためとはいえ、お前の物語が呪いの演目なんて言われて利用されようとしているんだぞ！」

頭では仕方ないと思いながらも、心の片隅ではまだ納得していない自分がいた。もうどうすることもできないことはわかっている。自分の力の無さからくる悔しさに、知らず知らずのうちに涙がこぼれていた。

「孔雀、おまはんの涙がわちきの救いじゃわいなあ」

桔梗の指がそっと達也の頬に触れた。今度は桔梗が涙を拭う番だ。木で作られた指なのに、どうしてこんなに温かいのだろう。触れた指先から、桔梗の気持ちが伝わってくるように感じた。

桔梗は俺たちのために辛い決断をしたのだ。今はその気持ちを素直に受け取らなければならない。心の中にあるわだかまりや悔しさは桔梗も同じなのだ。達也は自分にそう言い聞かせると、両手をつき頭を下げた。

「ありがとう、桔梗」

真琴も続けて手をついて頭を下げた。

「ふたりとも頭をおあげなんし」

その声に顔を上げると、穏やかな笑顔があった。憎しみや悲しみ、心に湧き上がるありとあらゆる感情を超越したかのような。桔梗はふたりの前に静かに歩み寄った。

「勘太郎《かんたろう》には気をつけやしゃんせ」

さきほどまでの柔らかな声とはまったく反対の声に、達也と真琴は驚いた。

「勘太郎って、越後屋《えちごや》勘太郎でしょ……桔梗の弟じゃない」

真琴に続いて、それはどういう意味なんだと聞き返そうとした時。

「潤之助の心にある人を憎む心と、勘太郎の思いが結びつき、人間と人形の呪い……傀儡呪《くぐつじゅ》が生まれ、太夫と三味線が死んだのです」

「傀儡呪……？」

その意味を尋ねたかったが、言葉の響きから嫌な予感がして声が出てこない。真琴も青ざめた顔のまま黙っている。

うるさく鳴いていた蝉の声は消え、宵闇がいつのまにか訪れていた。薄暗くなった部屋に鈴虫の声だけが聞こえる。

桔梗は立ち上がると、縁側に歩いて行った。そして、こちらに背を向けて腰を下ろした。

「傀儡呪は人間と人形が持つ妬みや嫉み、悪《にく》む心がひとつになり、引き起こすもの……今回の上演によって傀儡呪に囚われたままの勘太郎の性根がよみがえり、誰かを悪む心の隙間に入り込むと、初演と同じことが繰り返されてしまいます。その前に、本当の越後屋勘太郎としての心を取り戻さなければならぬのです」

どこからかかすかに聞こえてくる野球中継の実況と家族団欒の声が別世界のもののように思えた。

「それができるのは姉であるわちきしかおりんせん。わちきはなんとしても勘太郎を止めてみせます。それが死なせてしまった太夫と三味線への、せめてもの償いなのです」

その声は力強く、心の昂りが表われていた。桔梗はすっくと立ち上がった。

「そして……この命にかけておまえさまがたも守りんしょう」

勘太郎には気をつけろと言ったのはそういう意味だったのか。達也は桔梗を見上げた。

「命なんかかけるな」

なぜ？　と言いたげに桔梗が首をかしげた。

「お前は死んだらだめだ。お前は松濤師匠が全身全霊で守った人形。それだけじゃなく、お前の中には俺のじいちゃんと園子さんの魂があるんだ。お前の命はお前だけのものじゃない」

桔梗は涙ぐむと静かに頷いた。


真琴の家を出たのは結局、夜の九時すぎになった。

家を出る前に電話を借りて実家に連絡をすると、「いつまで夕飯を待たせる気だ」と怒り狂った母親の声が耳をつんざいた。

「お母様に悪いことしちゃったわ、電話に出て謝ればよかった」

真琴は駅前のコンビニに行くついでだと、駅まで達也を送った。家を出る間際、ふたりで出かけることにむくれたのか、桔梗はつまらなそうに顔をそむけていた。

「桔梗ったら焼きもちやいちゃって」

からかうような真琴の言葉にも反応せず、桔梗は庭を眺めていた。

大阪より少しは涼しいが、やはり東京の夜も蒸す。今夜も熱帯夜なのか、と思いながら、達也はいつもよりゆっくりと歩を進めた。

「桔梗から聞いたわ。達也くんのお祖父様が桔梗を作ったって。達也くんがうちに来る前まで『しだれ桜恋心中』の話も聞かせてくれたわ」

実家に帰る前にここに立ち寄ったのも縁かもしれないな、と達也は思った。

歩きながら真琴の横顔を盗み見る。真琴の右側を歩いているので火傷の痕が見えない。少し痩せた横顔。長い髪をアップにしているので、襟足が綺麗なことに気がついた。着物が似合いそうだ。

「……何？」視線に気がついたのか、真琴は眉間にしわを寄せた。視力の低い人がよくする表情だ。

「いや……眼鏡かけてないなあと思って」

「眼鏡は仕事の時だけ」

通夜の時も、そういえばかけていなかった。通夜というと、朱雀とのキスシーンが蘇る。頭の中にあの時の映像が浮かんだことを真琴に勘づかれないように、達也はわざとらしく咳ばらいした。

「会長のこと、ちょっとショックね」真琴の呟く声に、「ああ、はい……」と返事をしたが、達也もやはり動揺していた。

研修生のころ、三枝美津雄が戦後の文楽復興のために奔走したという話を講師の技芸員から聞かされた。

私財を投げうち、劇場建設の資金調達のために日本全国を巡り、頭を下げた。大阪の大空襲で劇場はもちろん、ほとんどの人形が焼けてしまったという絶望的な状況で、実現するまで十年はかかるだろうと言われた復興公演を敗戦から一年半後に興行したのだった。

その功績と「四世桐谷潤之助」としての芸の巧さで数々の賞を受賞し、人間国宝認定は吉村松濤に先を越されたが、十年前に文化功労者に選定され、四年前には褒章を賜っている。

通夜の時に会った美津雄の姿が思い出される。自分に向けられた気さくな笑顔。あの笑顔の裏に人形の心を踏みにじる無情さと、ふたりの人間を死に追いやる残酷さがあることを達也は認めたくなかった。

いつのまにか、ふたりとも足が止まっていた。

「朱雀兄さんは家に来ているんですか？」

父が朱雀をスカウトしたと聞いたからかもしれない。自然に口をついてしまっていた。

「来てるわよ」

ためらうこともなく真琴は答えた。「今日は吉祥寺にある児童施設に行ってる。クラス会なのよ」

児童施設という言葉に一瞬ぽかんとした達也を見て、真琴は説明を付け加えた。

「私たちね、そこで育ったの」

「えっ、なんで……」つい、そんな言葉が出てしまった。

込み入った事情があることはわかっていたが、勢いとはいえ無神経すぎた。だが、真琴は気にしていないように笑みを浮かべた。

「私と雅人は立川駅のコインロッカーに捨てられてたの」

コインロッカー。

じっとしているだけでも蒸し暑い真夏の夜なのに、全身の汗が一気にひいたように感じた。

「たぶん病院じゃないところで私たちを産んだんだと思う。へその緒がまだついていた状態で、発見がもう少し遅かったらふたりとも死んでいたところだったって言われたわ」

他人事のように話す口ぶりに驚いたが、かえって自分たちを捨てた親に対する怒りが残っているようにも思えた。

「だから私と雅人は離れられないの。生まれる前からも、生まれてからも、ずっと一緒だったから」

真琴の顔には、恋人だと言い切ったあの夜の強気な表情がなぜか無かった。

「私たちのことを知って達也くんが嫌な気持ちになってるのはわかってるんだけど、私は逆にほっとしているの。もしかしたらあなたには嘘をつきたくなかったのかもしれない……私と同じ、人形の声が聞こえるあなたにはね」

そう言って真琴は笑った。その顔はどことなく寂しげで、どこまでも続く道を歩く彷徨《さまよ》いびとのようにはかなく見えた。

「あの……立ち入ったことを聞くんですが、なんで神崎さんは朱雀兄さんと苗字が違うんですか」

心にずっと残っていた疑問を口にしてみたくなった。不躾な質問だとは思うが、過去を語った今の真琴なら答えてくれる気がしたからだ。予想通り、真琴は不快な顔をしなかった。

「児童施設を出る年齢の頃、雅人はもう研究生として人形遣いの道を歩んでいたけど、私には将来の夢が何もなかった。それでも雅人はいろいろ仕事を探してきてくれた。雅人はどんな時も私の味方で、そばにいてくれた。そんな雅人には本当に感謝してたんだけど、心の半分では姉でありながらいつまでも心配かけている自分が情けなかったわ。だから自立する意味も含めて、床山の仕事を始めた時に神崎のお父さんに養女になりたいとお願いしたの。最初は驚かれたけど後継ぎもいなかったし、お父さん自身、床山の神崎という名前を自分の代で終わらせたくなかったみたいで、私を養女に迎えてくれた」

真琴はにっこりと笑うと、なぜかため息をついた。

「でも結局……あまり意味なかったけど」

浮かべた笑顔がまばたきの間に消えた。どういうことか聞き返そうとすると、

「雅人、達也くんが楽屋手伝いじゃなくなってちょっと寂しいみたい」

真琴は先を歩きだした。

「じゃあ、私はここで」

「あ、はい。じゃあまた……」

真琴は右手を小さく振ると、コンビニに入って行った。

帰ってくる朱雀のためにビールでも買うんだろうか。信号を待つふりをして買い物をする真琴の姿を見つめた。

遠目だと火傷の痕が薄く見えるせいか、顔立ちの美しさが際立つ。

真琴は俯くことなく、堂々と店内を歩いていた。OLらしき若い女が真琴の顔に驚き、すれ違いざまに振り向いた。

火傷は火事で負ったものだと田中のおばさんは言っていたが、手術を受けない理由がわからない。そう思ってしまうほど、ガラス越しの顔は美しかった。

真琴がレジに並ぶのを見ると、達也は慌てて横断歩道を渡った。そして交差点の向かい側に立つと、ちょうどコンビニから真琴が出てきた。

真琴は少し早い足取りでアーケード街を通り抜け、あっという間に角を曲がって行ってしまった。達也は姿のなくなった通りをしばらく見つめていた。

その横を遊園地帰りらしき親子連れが通り過ぎた。三歳くらいの子供が大きなネズミのぬいぐるみを抱きしめながら、父の背中で気持ちよさそうに眠っている。

親の愛情を受けることなく、虐待や育児放棄などで死んでゆく子供もいる。身勝手な親のせいで命を落としそうになった子供がこんなに身近にいたとは、それが真琴と朱雀だとは夢にも思わなかった。親子連れの幸せそうな後ろ姿を見ると胸が軋んだ。

——私が生きてこられたのは人形と話せたおかげなの。だから人形たちには感謝してる。

桔梗と初めて言葉を交わした夜、真琴はそう言っていた。

人形の声が聞こえることや、朱雀との許されない関係が真琴を救っていたのかもしれない。

さっきまで軋んでいた胸が今は締めつけられるように苦しい。

この感じはなんだろう。駅の階段の途中で首をかしげた。電車がまもなく到着するというアナウンスに、達也は慌てて階段を駆け降りた。


それから四日間の夏休みはあっという間に過ぎてしまった。

休みが明けた翌日から九月東京公演の稽古を始めた。今年は例年より早く来年一月の大阪公演の演目と配役が発表されるということもあり、劇場内は色めきたっていた。

達也は松濤とともに劇場入りすると、すぐさま演目と配役が書かれた紙が張り出されてある場所に向かった。もしやの思いにかられ、足が早まる。張り出してある壁に近づくにつれ、心臓が大きく高鳴る。

「一月大阪公演演目『浪速祇園名残話《なにわぎおんなごりばなし》』」と書かれた文字が目に飛び込んできた。

仮名草紙「名残乃雪物語」をもとにした、大阪と京都が舞台の人気の世話物だ。

桐谷玉之介《たまのすけ》を始めとする、通称「チーム桐谷」が得意とするその演目は、案の定、配役もずらりと「チーム桐谷」で占められていた。太夫や三味線も重鎮たちが揃えられ、年の初めを飾るにふさわしい盤石の布陣だ。

演目が『しだれ桜恋心中』ではなかったことに安堵したものの、気は抜けない。三枝会長が桔梗に土下座をしてまで上演の許しを乞うたのだ。遅かれ早かれ上演されることは間違いない。達也は唇を嚙みしめ、踵を返した。

着替えを済ませ稽古場に急ぐと、朱雀の姿があった。

朱雀は九月公演の時代物『東 国太平記《あずまのくにたいへいき》』で主役の岡部兵右衛門《おかべひょうえもん》の主遣いを勤めるので、稽古場にいて当然なのだが、まともに顔を合わせるのは通夜の時以来だけに、顔も気持ちもこわばってしまう。

「おはよう」

朱雀が先に声をかけてきた。

「お、はようございます」

無理やり自然な笑顔を作っているのはバレているだろう。

——雅人、あなたが楽屋手伝いじゃなくなってちょっと寂しいみたい。

真琴の言葉を思い出した。朱雀の後ろを見ると、ヘアクリームで髪をツンツン立たせた新しい弟子は小さく欠伸をしていた。

「ロシア公演お疲れさまでした」

なにか話をしようと思って出た言葉だが、もう二カ月も前の話である。その場しのぎ丸出しだ。

「劇場はモスクワでしたよね。あっちって夏も寒いんですか」

「寒くはないよ、あっちも夏だからね」

「……ですよね」

なんとも間抜けな会話になってしまった。俺は本当に機転が利かない。達也は苦笑いを浮かべ、肩を落とした。

そんな達也を見て朱雀は微笑み、畳敷きに座った。それから深く、大きく息を吸い込むと、その顔から表情がすっと無くなった。朱雀の心と体がひとつになり、岡部兵右衛門に憑依した瞬間である。人形の性根を自分に取り込む姿は、いつ見ても神々しい。これから何年、何十年と努力しても朱雀を追い越すことはできないだろうけど、せめてすぐ後ろをついていきたいと改めて思った。

達也は畳敷きに座り、何気なくあたりを見回した。

一緒に劇場入りしたはずの松濤の姿が見当たらない。トイレにでも行っているのだろうか。壁にかけてある時計を見ると、稽古開始の時間を過ぎている。老人がトイレで意識を失い倒れる話が頭によぎった。毎日栄養ドリンクを飲んでいる松濤でも、連日連夜の暑さには勝てなかったらしく、度々体調を崩していた。考えてみればもう八十二歳の高齢者である。達也は胸騒ぎがして立ち上がった。

「すいません、ちょっとトイレに」

「なんや孔雀、稽古前に済ませておかんか！」

福濤が怒鳴った。頭をぺこぺこ下げながらスリッパを履く。が、焦るあまり右足がうまく履けない。すると、

「えろう遅うなりました、もうしわけおまへん」

ドアを開けた小さな体が、頭を下げた。

「師匠！　ど、どこに⁉」

松濤はその声を無視するように、達也の前をすっと通り過ぎた。そして畳敷きの中央に座ると、

「朱雀、それから福濤、幸濤《こうとう》、玉濤《ぎょくとう》、清濤《せいとう》、それと孔雀。今すぐ上に行きや」

「上」とは劇場ビルの最上階にある会長室のことである。

突然の通達に、名前を呼ばれた技芸員たちは茫然として松濤の顔を見つめた。

「上、行くやなんて……いったいなんの用件で呼び出しでっか、師匠」

リーダー格の福濤がまず声をあげた。

「わからん」あまりにそっけない返事に皆が顔をしかめる。

「師匠がわからん用件に弟子がほいほい行けるわけないでしょう！　いくら会長かて、わけわからん用件で呼び出すやなんて、それは横暴や！」

福壽が食い下がった。兄弟子連中の中でも特にうるさ型だけに、相手が師匠であろうと妥協はしない。福壽の怒鳴り声にも、松壽は「わからんものはわからん、はよう上へ行き」と言うだけだ。

気まずく重い空気が稽古場を覆った。

『しだれ桜恋心中』上演の話かもしれない。

達也は助けを求めるように朱雀に視線を移すと、朱雀は目を閉じて背筋をピンと伸ばしたまま正座している。まわりのざわめきにも集中力は途切れていないようだ。

「……わかりました。ほな、まいりまひょか」

半ばふてくされた福壽に促され、名前を呼ばれた技芸員たちが腰を上げた。達也もそれに続くと、朱雀がようやく立ち上がった。

他の技芸員と比べて落ち着き払っているということは、真琴から上演の話をもう聞かされているのだろう。

ふと、達也はエレベーターに向かう列の後を追う足を止めた。

自分はなぜ呼ばれているのか。

上演の話だけなら師匠からするはずだ。呼び出されたのは全部で六名。それは二体の人形を操る人数でもある。

「孔雀、なにぼさっと突っ立っとるんや！　はよ、乗りぃ！」

福壽の声にも体が動かない。嫌な予感が黒い塊となって心に圧し掛かる。

「自分、何してんねや！」

清壽は痺れを切らし、達也をエレベーターに押し込んだ。稽古場よりも重い空気が、密閉された空間に流れる。誰ひとり言葉を発することもないまま、あっという間に最上階に到着した。

エレベーターから降りると、会長秘書の女が待ち構えたように達也たちに近寄って来た。

「こちらでございます」

「おはようさん、急に呼んでしもうてすまんかった」

ドアを開けた正面には、大きな窓を背にしてひときわ重厚感のある手彫りのマホガニーの机。その机に合わせたかのようなチェスターフィールドの椅子に、三枝美津雄は身を沈めていた。すまんかったと言いながらも、体を起こすこともせず葉巻を吸う姿はいかにも上層部然としている。通夜の時の気さくな印象とは別人のような、冷たい感じがした。

「次のスケジュールに間に合わんから手短に話すわ。来年三月の東京公演『しだれ桜恋心中』をあんたらでやってもらうことにした」

予感は当たった。

「なんやその演目」

「聞いたことないわ」

「大阪が桐谷で東京が吉村か、逆やったらよかったのにな」

ざわめく声を無視し、美津雄は言葉を続けた。

「主役の富倉屋桔梗花魁の主遣いには吉村孔雀。左が福壽で足は幸壽。相手役の勘太郎の主遣いは吉村朱雀。左が玉壽、足が清壽や。そして、演目最後の心中場面では、朱雀と孔雀おのおのにひとりで人形を遣うてもらう」

「……」

あまりの驚きに言葉を失うだけでなく、体が小刻みに震えているのがわかった。いつかは来るであろうこの時を覚悟していたものの、まさか自分が配役されるとは夢にも思わなかった。そのうえ、重鎮たちを左と足に置き、足遣い十年にも満たない自分が主役である桔梗の主遣いになるとは……。

驚きに恐ろしさも加わり、それが余計に達也の体を震わせた。

「ちょっ、会長！　本気でっか！　なんぼなんでも無茶すぎますわ！」

最初に詰め寄ったのは、やはり福壽だった。

「……朱雀ならまだしも……」

福壽がちらりと朱雀を見る。朱雀は顔色も変えず無言のままで、ほかの技芸員たちとは間を置き、ドアに近いところで壁を背にして立っていた。

「孔雀は朱雀と組んで左遣うたことがあるにしろ、まだまだ修業中の身や！　それをまたいきなり主役の主遣い、しかも最後はひとりで遣わせるなんて、会長、あんたはんの気は確かでっか!!」

「確かや」

ざわめきがどよめきに変わった。

達也の頭の中は、五月の公演で開演二時間前に朱雀から左を遣れと告げられた時の数倍、いや数百倍も真っ白になっていた。だが、そんな達也にかまうこともなく美津雄の言葉は続いた。

「これはわしが四世桐谷潤之助の襲名披露公演でやった演目や。やが、公演三日目の太夫の竹田《たけだ》栄太夫《えいだゆう》はんと三味線の野々村龍太郎《ののむらりゅうたろう》はんの急死によって、中止となった。不幸な出来事によりその後は長い間、上演することがでけへんかっただけに、わしはこの演目には並々ならぬ想いがある。ようやくこのたび、遺族の方々やさまざまな方面からの了解を得ることができ、上演の運びとなったわけや。初演から六十年以上の歳月が流れてしもうたが、せっかくの上演や、なんかもうひとつ、世間をあっと言わそうと思うてな。ほんで考えたのが、終盤三分間の主役と準主役のひとり遣いや。どや、これは話題になるで！」

そう言い終わると、美津雄はうまそうに葉巻を吸い込んだ。だが、福壽をはじめとする兄弟子たちは納得がいかないとばかりに顔をしかめた。

「金のためだと、なぜおっしゃらないんですか」

美津雄の顔がひきつった。どよめきの中で一際とおる声に、達也は我に返ったように顔を上げた。

「朱雀兄さん……！」

今まで後ろに控えていた朱雀が、机の前に歩み出てきた。腕を組み、美津雄と対峙するような体勢に皆が息を呑む。

「この期に及んでかっこつけるのはよしましょう、会長。それに、あの演目についてはまだ言わなくてはいけないことがあるはずです」

「……朱雀、お前」

美津雄の眼《まなこ》がじろりと朱雀を捉えた。その眼に怯むことなく、朱雀の眼も美津雄から離れない。

一触即発なその間に福壽が割って入ってきた。

「なんや、朱雀。なんか知っとんのんか！　っていうか、こんなに長う会話するお前、初めて見たわ!!」

福壽は朱雀の腕にしがみつくと、他の技芸員もすがるように周りを取り囲んだ。

「ええからはよう知ってること言うてえな！　なあ、朱雀！」

「これは呪いの演目なんです」

「く、孔雀!?」

達也は朱雀の横へ出た。

「初演の時、太夫と三味線が死んだのは、ふたりとも心臓発作が原因でした。もともと持病を抱えていたとはいえ、同じ病名で同じ日にふたり揃って死ぬなんて、偶然とは考えられません。だから、六十年以上もこの演目を封印していたんでしょう？　それを今頃引っ張り出してきたのは、呪いの演目であることを全面に打ち出して宣伝して客集めをして、減額になった助成金の穴埋めをするのが目的だと、なんで正直に話さないんですか？　話せば技芸員全員から反対されると思ったからですか！」

「会長……今の孔雀の話は、ほんまなんでっか」幸濤が恐る恐る口を開いた。

「助成金減らされることも……呪われることも……う、うそでっしゃろ」清濤の声は微かに震えていた。

「文楽がのうなってしまうんでっか!?　ほんで、わしら、殺されてまうんでっか！　死ぬんでっか！」玉濤の目は涙ぐんでいた。さっきまで大声を張り上げていた福濤は、口を真一文字に結んだまま一点を見つめていた。

朱雀は達也に笑みを向け頷くと、すぐさま、その目を美津雄に向けた。

「反論しないと孔雀の話を全部お認めになる、ということになりますよ」

朱雀の目に一筋の光が差した。

美津雄は「バカバカしい」と一笑に付し、葉巻を吸い込むと紫煙をふうっと吐き出した。

煙が達也と朱雀の顔にかかった。悪びれもせずにこちらを見る美津雄の顔に寂寿の顔が重なる。

は思った。
結局、似たもの親子か。寂寿の無期限謹慎の処分は会長として保身のためだったんだな、と達也

「呪いなんてこの二十一世紀の今にあるわけないやないか。昔のアレは偶然や。あん時、警察もこれは事件やない、病死やと言うたんや。誰からそんな話を吹き込まれたか知らんが、訳わからん噂まきちらして皆を混乱させせんでくれ。頼む、今はそんなことにいちいちかもてられへんのや」

そう言うと美津雄は葉巻を灰皿に押しつぶした。何度も何度も葉巻を灰皿に押しつける仕草に、美津雄の苛立ちを感じた。

達也が詰め寄ろうとすると、遮るようにドアをノックする音が聞こえた。

「お入り」美津雄の声とともにドアが開く。

「美津雄はん、なんやお呼びでございますか」

その声とともに、老人たちがどやどやと入ってきた。

見れば、澤田初大夫や豊松伊勢大夫《とよまついせだゆう》という太夫の中でも重鎮中の重鎮、松濤の飲み仲間の武田《たけだ》慶大夫《けいだゆう》派の富士大夫《ふじたゆう》がいるではないか。皆、「切場語り《きりば》」を受け持つ太夫の最高位にいる者ばかりだ。達也は太夫たちの後ろに控えている一団の中に見なれた笑顔を見つけた。

「清武おじさん！」

達也の声に清武は小さく手を振った。清武のほかには、清武の師匠である人間国宝の鶴山富武《つるやまとみたけ》、

兄弟子の若武《わかたけ》、貴武《たかたけ》がいる。こちらも三味線といえば必ず名前があがる錚々《そうそう》たる面子《めんつ》である。

「まさか、三月公演の太夫と三味線……」

このタイミングでやって来たということは、間違いなくそうなのだろう。

美津雄は笑みを浮かべながら初大夫のそばに寄り、皺だらけの手をうやうやしく握った。そして「皆様、三月公演、どうぞよろしくお願いいたします」と、深々と頭を下げた。

「したが、あの演目は昔……」

長老ナンバー二の澤田初大夫ともなると、当時の記憶が生々しく残っているのだろう。不安げな顔で美津雄を見た。

「公演期間中に技芸員が二名亡くなったことにより、呪いの演目と言われた『しだれ桜恋心中』をあえてやることについて、くだらん噂が流れておりますが、もしそれが本当のことだとしたら、文楽の財産、伝統芸能の財産である貴方がたを配役するわけないじゃないですか！」

そこに集まった者たち全員の心にある不安と疑念を打ち砕くように美津雄は言った。

「言われてみればそうだな……」

達也はその理屈に妙に納得してしまった。加えて、美津雄と高齢の技芸員の間には長い年月をともに過ごしてきた絆と信頼がある。それを後ろ盾にされては、いくら達也たちが声高に叫んだとて長老たちの心に引っかかりはしない。

そのせいか、今まで不審な表情を浮かべていた福壽たちの顔からも緊張が消え始めた。

協会会長から「文楽の財産、伝統芸能の財産」と言われれば悪い気はしないものだ。長老や重鎮たちも美津雄の言葉に納得したように何度も頷いた。すると、美津雄は屈んで、床に手をついたと思うと、いきなり泣き伏した。

「助成金の減額を止めることができなかったのは、全部、協会会長であるわしの力不足や！　そやから、みなさんのお力をどうか、どうか、わしにお貸しください。お願いいたします！」

最後には土下座の姿勢となった体は大きく震えている。すると、澤田初大夫が美津雄の背中をゆっくりと撫でた。

「美津雄はん、泣かいでもええ。金のためと言われようが、文楽を無くすわけにはいかん。あんたはんの決断とその覚悟に、わしらは感謝せなあかんな」

長老ナンバー二のその言葉に、うるさ型の福濤までもが大きく頷いた。

「ほな絶対、この演目は成功させなあかんな！」

「呪いなんてでたらめや！」

「まったく、若いもんはくだらんことばっか言いよってからに」

「伝統芸能の財産たるわしらに怖いもんはあらへん」

技芸員たちは口ぐちに言いながら美津雄の手を取り、体を起こした。誰もがもう朱雀と達也の言葉を忘れてしまっている。

「三月公演、わしら一生懸命がんばります」

美津雄を前に技芸員全員が一斉に頭を下げた。いつのまにか列の後ろに追いやられていた達也と朱雀は、皆に同じず、じっと美津雄を見据えた。涙と鼻水でぐしゃぐしゃになっていた顔はいつのまにか得意満面な顔に変化《へんげ》していた。

「浪速の人間に浪花節で攻めるとは、正攻法ですね」

朱雀はそう呟くと鼻で笑った。『あわ雪娘夢之舞』のお紺もこうして美津雄に言いくるめられたのだろうか。人の心を巧みに操り、欺く人間はこうして蔓延《はびこ》るのだ、と達也は唇を嚙みしめた。

「しかし、なんで松濤がおらんねや」

初大夫が問うた。たしかに祖父から託された『しだれ桜恋心中』を戦火から守ったのは他でもない、松濤である。それに、太夫も三味線も国宝級を揃えておきながら、なぜ松濤が配役されていないのか。

初大夫の問いかけに美津雄はなかなか答えようとはしなかった。考えあぐねるようにしばらく黙りこむと、

「ここだけの話なんやけどな」と、口を開いた。「金ちゃん、最近手足の痺れがひどいみたいなんや」

「な、なんやて！」そこにいた技芸員の皆が揃って驚きの表情を浮かべた。

「二、三年前からそういうことが度々あったらしいんやけど、最近、頻繁に痺れるようになったらしい。今回の九月公演が終わったら、検査入院するそうや。そやから、三月の公演は万が一の

ことを考えて辞退しよったんや」

「そんな！」達也も初耳のことだった。

五年前、受験勉強の忙しさにかまけて父の病気に気づかなかった自分をあんなに責めたのに、また同じ過ちを犯してしまった。内弟子でありながらなぜ気がつかなかったんだろう。悔しさと情けなさが込み上げ、達也は握った拳で膝を思い切り叩いた。福濤たちも顔面蒼白状態で立ちすくんでいる。

美津雄は達也と朱雀の前に歩み出た。

「せやから、あんたらが師匠の分までがんばらなあかんのやで。くだらん噂に惑わされず、十七日間の公演を無事に終わらせることだけを考えるんや。ええか、わかったな」

「これ以上余計なことを一切言うな」とも取れるその言葉に、達也の中で何かが弾けた。そのまつかみかかろうとする達也の手を朱雀が制した。美津雄は一瞬身構えたが、焦った顔を誤魔化すように笑った。


約六十年ぶりの上演ということもあり、通常の公演よりも稽古時間を長くとることが決まった。当時の公演を記録したビデオや音声テープなどもちろんない。残されているのは床本と三味線の譜、そして主役の桔梗花魁の人形だけ。所作のすべては当時、桔梗の主遣いを勤めた三枝美津雄こと桐谷潤之助の記憶に頼るしかない。つまりはほとんど、一から創り上げる舞台である。

九月公演が終わったら、配役された技芸員たちはその後に控えている地方公演、十一月の大阪、十二月の東京公演の合間を縫って『しだれ桜恋心中』の稽古におのおの取り組むことになった。

約八キロにもなる花魁人形を肩より上にあげて演技をするので、遣い手はそれ以上の重さを体感することになる。そんな状態でひとり遣いをするには動きをかなり制限されることが予想されたが、ひとつの動作でより深い演技をし、重さのせいで動きが単調にならないように注意しなければならない。

よって、特に最後の場面でのひとり遣いに自主稽古の多くの時間をさくことになったが、足遣い、左遣いを経てこその主遣いである。キャリアがまだ浅い達也にとってのひとり遣いは、要求される事柄のレベルがあまりに高かった。九月の公演では福壽の足遣いを勤めるが、三月のことを考えると気持ちが入り込まない。そのせいで稽古中に松濤と福壽から何度も怒鳴られた。

それに引き換え、朱雀はまったく動じることもなく稽古に集中している。人形遣いとしてだけでなく、人間としての器量の違いをまざまざと見せつけられたようで、達也は食欲が落ち、ため息ばかりをつくようになった。

「なんや、明日は初日やのに葬式帰りみたいな顔して」

稽古が終わり、楽屋で着替えをしていると松濤が声をかけてきた。

「すいません」

力なく頭を下げる達也の頭を松濤は閉じた扇子で思い切り叩いた。

自分のふがいなさを一喝されるかと目をつぶり身構えていたが、一向にその気配がない。恐る恐る目を開けると、そこにはにんまりと笑う顔があった。

「ほなら、行こか」

そう言って指で飲む仕草をすると、すたすたと廊下を歩き始めた。

「でも師匠、明日初日だし、そんなのダメですよ！」慌てて後を追いかけるも、

「よろしよろし、一杯だけや」とまったく聞く耳なしの状態。それに「一杯だけ」と言って一杯で終わったことなどない。

スキップでもするように軽やかに歩く松濤の後ろ姿に、達也は苦笑いを浮かべながら、なんとも言えない寂しさを感じていた。

九月公演が終わったら松濤の楽屋手伝いを外れることが三日前に決まった。松濤は公演終了後、検査入院することになっているので、酒を酌み交わすことなどもうないかもしれない。

それを考えると、初日前夜の暴走も大目に見なくては。達也は「しょうがないなあ」と呟くと鞄をたすきがけにし、松濤の後を追った。

向かった先は、東銀座の裏通りにある「やどり木」という松濤の行きつけのクラブであった。そこはいかにもな銀座の高級クラブという感じではなく、肩ひじを張らずに酒が飲める近所のスナックのような親近感がある店だ。飲食代の支払いに来たことがあるが、客としては初めてなので、達也は少し緊張した。

フロアボーイに促され、松濤がいつも座っている長ソファにどっかりと腰を下ろす。

「まあ松濤先生、いらっしゃいませ。今夜はふたり連れでお珍しいこと」

花紫色の地に笹模様が描かれた艶やかな着物姿のママがすぐに横についた。昔、新劇の女優だったと聞いたことがある。目鼻立ちのはっきりとした派手な顔立ちだが下品さはなく、笑みを湛えながら達也に会釈した。

「ママ、紹介するわ。わしの弟子の吉村孔雀や。来年の三月公演で主役の人形を遣うことになっただけでのうて、終盤はひとり遣いをするんやで」

その言葉にママの大きな目が見開く。

「まあ、それはすごいことですわね。さすが、松濤先生のお弟子さんだけあるわ」

お世辞もわざとらしく聞こえないところは、さすが銀座のママである。

だが、やはり三月公演のことを思うと気が沈む。達也はぎこちない笑顔をママに返すと、ソーダ割りに口をつけた。松濤は沈む顔の達也をチラリとみると、

「今からビビりおってタマの小さい男やな！　ママ、ちっとばかし握ってやって元気つけてやってえな」

「あら、よろしいの？　じゃ、遠慮なく」

いきなりママの声が色っぽくなった。

「……え？」

達也は慌ててグラスを離した。生暖かい感触に腿に目をやると、いつのまにかママの手があった。白い手が太ももを撫でてゆく。

濡れたように艶めくママの目が達也をじっと見据える。まるで射程距離に獲物を捉えた女豹のようだ。年齢からすれば自分の母親と同じくらいかもしれない。だが目の前にいる女性は、若い女に引けを取らないくらいの、いやそれ以上の色と艶を持っている。身動きが取れなくなった達也はごくりと唾を飲み込んだ。すると、いきなりママの手が達也の両手を握った。そして、

「怖いの、怖いの、飛んでいけーっ！」

おまじないの言葉とともに達也の手を天に向かって放り出すように離した。

わけがわからずきょとんとする達也に、松濤はケラケラと大笑いするだけで何も言わない。

「今のはね、私が松濤先生によくやる初日前のおまじないなの。先生が左遣いになったころからのおまじないだから、効果てきめんよ」

ママはそう言うとウインクした。

「ああ、そうなんですか。なんだぁ……ははは」

それを聞いて少し安心したものの、動悸がまだ治まらない。

「銀座で一番の美女に手ぇ握られて、元気の出ん男はいないやろ」

松濤はそう言うと、にこにこしながら水のように薄めた水割りを飲み干した。

「それにな」急に声色が変わった。「今のママの目、よう覚えとき。あれは富倉屋桔梗花魁の目

や」

「えっ」達也が目を向けると、ママはにっこりと笑い、「先生、孔雀さん、すぐに戻ってきますわね」と頭を下げて席を立った。仕立ての良い背広を着た初老の男が三人、ママに向かって手を振っている。

「桔梗の中にはふたりの女がおる。ひとりは吉原一の花魁、ひとりはお園《その》という町娘じゃ。あんたはまだお園のような清純な娘しか知らんと思うてな。ほんでここに連れてきたんや」

笑顔を絶やさず接客するママを見ながら、松濤はグラスの中の丸い氷をカラン、と鳴らした。

「桔梗は客の男の心を捉え虜にしても、決して自分を安う売らん。その誇り高さが花魁である桔梗の幹や。それに対してお園は一途に勘太郎を想う普通の娘。その優しさゆえに、男に騙されてまうことがある。誇り高き女と情にほだされやすい女。二つの心を持つひとりの女、それが桔梗の性根や」

「でも……でも……俺にはやっぱりできません……」

怒られても殴られてもいい。今を逃すともう二度と師匠と話すことができないんじゃないかという切羽詰まった胸のざわめきが、本当の気持ちを引きずり出した。

「そうか……」松濤がため息をついた。

「でも、そうやって悩むことができるあんたがわしはうらやましい」

思いもかけない言葉だった。松濤は持っていたグラスをテーブルに置いた。

「あんたも朱雀もみんな、わしにはキラキラ輝いて見える。若いあんたらにはまだ時間がある。その手が動かんようになるまであとどれだけ人形が遣えるのか、考えたことあるか？　辛い稽古がこれからも続くことにもなるけども、それはとても幸せなことなんやで」

松濤はグラスについた水滴で指を濡らすと、テーブルに「辛」と「幸」の文字を書いた。

「見てみい、『辛』と『幸』の字は似てるやろ。辛いことを幸せなことに変えるのは、棒を足すか足さんか……すべては気持ちひとつっちゅうことなんや」

お前は遣えるのに遣おうとしないと言われているようで、達也は何も言えなかった。

「こんなこと言うと、あんたにはまた重荷になってしまうやろうけど、儀一兄さんもあんたに遣うてもらえること、すごう喜んではると思うんや。正直、わしも遣いたかったが、手のこともあるし、それにこれは儀一兄さんの孫であるあんたが遣うべきものやと思うたんや。桔梗もおそらくそれを望んでいるやろ」

皺と染みだらけの手が達也の手をそっと握った。

「わしができることはなんでもする。そやから、あんたには迷わずに前を向いてがんばってほしいんや」

迷わずに前を向け――。その言葉になにか目の前が開けたような気がした。

今の自分に足りないのは、脇目も振らずに前進することだ。そうだ、左遣いの初舞台の時に感じたあの気持ち。ショー・マスト・ゴー・オン。泣いてもわめいても舞台の幕はあがる。もうどこにも逃げ場はない。いい加減に腹をくくれ、まな板の上の俺！

「師匠にとって弟子の成長ほど幸せなことはないんや」

松濤はそう言うと、自分のグラスと達也のグラスを合わせカチン、と鳴らした。

それからは不思議と体が軽くなったような気がした。大きな不安が頭をもたげることもなく、達也は九月公演を無事に終えることができた。


東京・信濃町の大学病院。

松濤が倒れてから、一週間が過ぎた。血栓は摘出するほど大きいものではなかったため手術は回避されたが、意識はまだ戻らない。

横田は捜査が終わると病院へ行き、そこで夜を明かすという生活を送っていた。もしものことを考えると一日中病院にへばりついていたかったが、そうはいかない現実と捜査がなかなか進展しないジレンマに眠れない夜が続いた。

事件発生からもうすぐ二週間が経とうとしている。

あの頃はまだつぼみだった病院前の桜はあっという間に咲き、そして散っていった。

犯行現場の延命寺を中心に周辺の聞き込みをしたが、有力な目撃情報は得られなかった。

殺人の動機には、人間関係のもつれや金銭絡みのトラブルが多い。屋島達也の周囲でも立て続けに人が亡くなっていたが、事故として処理されている以上、関連性は低いと考えられた。屋島達也の母親にも事情を聞こうとしたが、事件発覚以降寝込んでいるらしい。

自殺した久能雅人の身元調査書に書かれた「コインロッカー」「児童施設」「火事」の三語が心に重くのしかかる。親からの愛情を受けられなかった人生の最期が、愛を貫くための心中とは、因果な結末だ。

進展しない状況に百人体制だった捜査本部は四十名に減らされ、山吹署の宮澤も他の事件の捜査本部に回されてしまった。

横田は鞄から書類袋を出し、浅沼に命じて取らせていた三枝美津雄の身元調査書を取り出した。それによると、出身地は大阪。父親は三世桐谷潤之助、母親は日本舞踊高柳流家元の娘・高柳梅子。十三歳から祖父である二世桐谷潤之助に弟子入りする。戦線より帰還し、劇場復興に奔走する。その後、四世桐谷潤之助襲名披露公演を大阪で行なうが、出演者二名急死により公演中止。翌年、東京にて襲名披露公演を興行。三十五歳、国営放送大阪局長の娘と結婚。五十歳、協会会長就任。八十七歳で褒章を受章した。

三日前にそれを受け取ってから何度も読み返した。名家の息子として生まれた身上に不審な影は見当たらない。

それに対して、吉村松濤の調査書は『出身地おそらく大阪』で始まっていた。そして、貧困と苦労に揉まれた流浪の半生は次に記されていた『父母の氏名は不明。』で終わっていた。

十五歳の時、吉村花濤に弟子入り。三十一歳、芸術奨励賞を受賞し、翌年、大阪に本社がある大手酒造会社会長の娘と結婚する。その後、芸能奨励最優秀賞受賞。五十三歳で日本芸術大賞、五十五歳で褒章、六十歳で文楽劇場賞最優秀賞。六十八歳で芸術大賞名誉賞、六十九歳で文化功労者に選定。そして、七十歳で人間国宝認定される、と記され、身上よりも受賞の経歴のほうが多い。

「師匠のほうが協会会長にふさわしいんじゃないのか」

それがかなわなかったのは、貧しさゆえに土地を転々とした松濤の生い立ちのせいかもしれない、と横田は思った。

「親を選んで生まれることができたなら……なんてこと言っちゃいけねえよな」

やるせない気持ちでため息をつき、二通の調査書を書類袋に入れようとしたとき、袋の内側の側面にコピー紙が一枚、残っていることに気がついた。

それは松濤が人間国宝に認定された時の新聞記事であった。

日付をみると今から十二年前のことになる。年より若く見える松濤であるが、やはり十二年前の顔は今よりも潑剌として見えた。

記事には文楽から久々に国宝認定者が出たということが書かれ、松濤は喜びのコメントとして自作の短歌を詠んでいた。

『ああ嬉《うれし》　国の宝に　なりし春　根無の草に　黄金の華』

本人もまさか人間国宝に選ばれるとは思わなかったのだろう。驚きと嬉しさが混在している松濤の気持ちが伝わってくる。

短歌はもうひとつ披露されていた。

『無何有島《むかうしま》　ねじ巻き泥を　食らう夜　夢にまた見た　涙流る』

短歌のことはよくわからないが、喜びに溢れた内容の先の短歌とはまったく違う、暗い雰囲気を感じる。それにしても、なぜこんな内容の歌を一緒に詠んだのだろう。

横田は二つの短歌を声に出して詠んだ。

『ああ嬉《うれし》　国の宝に　なりし春　根無の草に　黄金の華』

『無何有島《むかうしま》　ねじ巻き泥を　食らう夜　夢にまた見た　涙流る』

「無何有島……」

この短歌は、松濤が二度と思い出したくないと言っていた貧しい日々のことを詠ったのかもしれない。だが、思い出したくない過去をなぜ歌に残しているのだろうか。

「無何有島……無何有島……無何有島……」

横田はぶつぶつと呟きながら、集中治療室の前を何度も往復した。中年の看護師がナースステーションのカウンターから怪訝そうな顔でその姿を見つめていた。

だが、待てよ。

横田の足がぴたりと止まった。別にこれは今回の事件とは関係ない話だ。何もそんなに考えこむ必要なんかない。横道に逸れる悪い癖が出てしまった。「だめだ、だめだ、捜査に集中だ」

横田は二つの短歌を振り切るように頭を左右に振り、手にしていたコピー紙を仕舞った時。

「向島……」

閃いた。

そういえば、松濤は向島のネジ工場で下働きをしていたと言っていた。あの時は話の流れの中で出てきたこともあり、さほど気には留めなかった。

「……向島でなにかあったんだろうか……」

字こそ変えてはいたが固有名詞を出しているところが引っかかる。

向島は東京の花街のひとつで、料亭にはそれぞれ芸者の置き屋を構えていたということを聞いたことがある。

「神楽坂もそうだよな」

「向島」。「神楽坂」。この二つの花街の共通項にまたも閃く。

「師匠の母親は芸者かもしれない……」

そう思った瞬間、横田は歩き始めていた。

横道に逸れていると思いつつも、体が動いてしまう。無駄に頭をつっこんでしまう性分を変えようなんて、所詮無理なのだ。

横田は苦笑いをすると、早足で廊下を歩いた。

ナースステーションの横を通ると、中年看護師が「走るな」と言わんばかりに大きく咳ばらいをした。

四

「初大夫はんらは写したさかい、これはもうあんたのもんやで」

達也は松濤から『しだれ桜恋心中』の床本を手渡された。

「ありがとうございます」達也は差し出された床本を捧げ持った。

心なしか手が震えていた。一度も会うことがなかった、父からもあまり話を聞くことがなかった祖父に会えたような気がした。触れただけで破けてしまいそうな薄茶けた紙を一枚一枚、そっとめくる。祖父自らが書いたという見事な浄瑠璃文字に、改めてその手先の器用さに感服し、胸が熱くなった。

「ほら、見てみ。朱《しゅ》も儀一兄さんが付けはったんやで」

松濤の指が詞章《ししょう》の文字の右上にある朱《あか》い記号を指した。「節付けや息継ぎの場所まで書いてあるやなんて、これは相当園子姉さんに叩きこまれたんやな」

そう言うと、松濤は咳ばらいをして姿勢を正した。それを見て達也も背筋をピンと伸ばした。

なにか重大な通達事項でもあるんだろうか。

「孔雀、あんたは明日から公演の一ヵ月前まで桔梗に触るな」

「……え」

ぽかんとする達也を気にすることもなく松濤は言葉を続けた。

「明日からは初大夫はんと富武はん、貴武はんの稽古を録音してじっと聞くんや。あんたはこれから違う人形で稽古して、太夫と三味線を聞く。それがあんたの稽古や」

「えっ……なっ、なんでですか！」思わず声を張り上げてしまった。

「そんな大声出さんでもええやろ、ホンマ、タマの小さい男やな」

「すいません……」

両耳を押さえる松濤に頭を下げながらも、達也は言葉の真意がわからず、松濤の顔をじいっと見た。

「なんやその睨みは」

「睨んでなんかいません、もともと目つきが悪いんです。でも、早くそのわけをおっしゃってくれないと、もっと大きい声を出して本当に睨みつけますよ」

「師匠を脅す気か！」

そんなやりとりの後、松濤は座卓にあった草餅をほおばった。

「あんた自身が人形になるためや」

「俺が……人形に？」

「最後の三分間、ひとり遣いをするにはまず遣い手自身が人形にならんとあかん、とわしは思うんや。もういやや、かんべんしてくれと思うまで語りと音を聞いて自分の体の中に充分にしみこませると、その語りと音を聞いた時に今度は体が勝手に動いてくれる。そやからひとりで人形を遣う時、それが活きてくると思うんや」

「わかりました、師匠のお言葉通りやってみます」

暗く垂れこめた雲の隙間から一筋の光が差してきたような気持ちになり、達也は松濤の前に身を乗り出した。

「さすがは人間国宝の考えた知恵やろ」口をもぐもぐしながら松濤がニッと笑う。

「ただし、あんたがその状況にどこまで耐えきれるのか……それだけが心配や」

「大丈夫です。体力づくりもしてきましたし、自分にはもったいない大役ですが、もう腹はくくりましたから」

松濤は、まあまあとなだめるように達也に草餅を差し出した。達也はそれをつかむように受け取ると、ばふっとほおばった。

「しかし、『ひとり遣い』はさすがの朱雀も難儀なことやと思うで。そやから、あんたは倍の倍の稽古をせなあかん。人形遣いとしての自分をギリギリまで、それこそギリギリギリギリのギリまで追い込むんや。あんたはそないなこと、今までしたことないやろ。心配なんや」

そうかもしれないと達也は思った。振りかえれば今までの人生、借金するほど金に困ったことはなく、涙を流すほどの苦労をしたということもなければ、自分をギリギリギリギリのギリまで追い込んだことなど一度もない。そう思った途端、さっきまで差していた一筋の光は急に消え失せ、暗い洞窟に迷い込んだ気持ちになった。

「あんたはわっかりやすい男やなあ。ま、そんだけ単細胞なら大丈夫やろ」

沈む達也をチラリと見ると、松濤はお茶をすすった。

「これがあんたの師匠として送る、最後のアドバイスや」

松濤は明日から検査入院する。とはいえ、長期的なものではない。ましてや検査すらもしていないのに、これが最後のアドバイスだなんて。

「やめてくださいよ、そんなこと言うのは。なんか……死んじゃうみたいじゃないですか」

唇が震えて、声が上擦った。涙が滲んでいるのを見られたくなくて、残っていた草餅を全部ほおばった。だが口を動かした途端、涙がこぼれた。

「……悪かった……」消えいりそうな声。「最近気が弱くなってしもうてな。つい、言ってしもうた……すまんな」松濤は頭を下げた。そこにいたのは人間国宝の吉村松濤ではなく、長谷川金之助というひとりの老人であった。

毎朝のウォーキング、栄養ドリンクやアンチエイジングのサプリを欠かさず飲んでいても、忍び寄る老いから逃れることはできないのだ。稽古や舞台上で溌剌とした姿を目の当たりにしているだけに、老いた師匠の姿には寂しさとやるせなさを感じる。今まで弟子の前では弱い姿を決して見せなかった松濤も、検査入院を前に気落ちしている。だが、吉村松濤はそれでは駄目なのだ。

達也は涙を拭くと、

「へえ、師匠でも弱気になるんですか。師匠みたいな図太い爺さんは、殺しても死なないタイプかと思ってましたけどねえ」と、わざとらしく大きく声を出した。せめて、今だけはその憂鬱を笑い飛ばしてほしい。すると松濤は、

「そや、思い出したわ。わしは殺しても死なん男やった。ボケてすっぽり忘れとったわ」

と、扇子の先で自分の頭をぺちん、と叩き、にんまりと笑った。だが、その笑みはすぐに消えた。

「明日からの稽古、人形遣い生命をかけてしっかり気張りや」

翌日、達也は松濤を信濃町の大学病院へ送り届けた。松濤は「裕次郎がつこうてた部屋がええわ」とリクエストしたが、あっさりと却下された。

担当医から検査スケジュールの説明を受けた後、入院手続きを済ませて出入口に向かうと、外来患者でごった返すフロアのソファに見覚えのある女が腰かけていた。

「神崎さん?」呼びかけると、真琴はぼんやりとした目であたりを見回した。達也が小さく手を振ると、笑みが返ってきた。

「久しぶりね」

九月公演の時はまともに顔を合わせることもなかったので、会話をするのは夏休み以来になる。真琴はいつもまとめている髪を下ろし、長袖のTシャツに薄紫の薄手のカーディガンを羽織っていた。心なしか顔色が悪く、唇にも色がない。達也は顔を覗き込んだ。

「どこか具合でも……っていうか、具合が悪いから病院に来てるんですよね」

「うん、ちょっとね。お父さんが死んでから結構ばたばたしてたから、今頃疲れが出てきたみたいなの」

「ああ、うちのおふくろもそうだったなあ……」

「達也くんは師匠の検査入院の？」

「うん……でもまあ、うちの師匠は大丈夫です。殺しても死なない爺さんだから」

「あら、ひどいこと言うわね」

笑った顔にホッとした。真琴の横に座っていた老人がアナウンスで呼ばれ、空いた席に達也は腰かけた。並んで座るのはこれが初めてだ。急に高鳴りだした鼓動が真琴に聞こえそうで、慌てて話題を振った。

「そうだ、こないだ師匠から俺の父親が朱雀兄さんをスカウトしたこと、初めて聞かされたんですけど。びっくりしました」

「高校二年生の時、吉祥寺の児童施設に鑑賞教室が来たの。それから何かと雅人と私のことを気にかけてくださって。神崎のお父さんとの養子縁組も、あなたのお父様がいろいろと力添えしてくださったの」

真琴は当時を懐かしむように視線を遠くに運んだ。

「お父様のお葬式、雅人とふたりで行ったのよ。覚えてないでしょう」

まったくと言っていいほど覚えていない。達也は力なく頷いた。

「なんでそれ、今まで言ってくれなかったんですか?」

「だって、ここまで仲が良くなるなんて思わなかったんだもの」

確かに真琴と仕事以外で話をするようになったのは、ここ数カ月でのことだ。その数が増えて

いくにつれて、なんとなくではあるが気持ちが通じ合ってきたように感じる。五月公演初日に床

山部屋で挨拶をしたときや、会うたびにいつも睨まれたりしていた頃を思うと、奇跡のようだ。

「私がこういう性格だから、きっとお父様が桔梗を通じて達也くんと会わせてくださったんだわ。

縁のある人とはこうして結ばれてゆくものなのね」

桔梗という人形を軸に、祖父と松濤、父と真琴と朱雀、そして自分が繋がっている。達也は縁

の持つ力を改めて意識した。

「ところで、もう自主稽古は始めているんでしょう?」

達也は深く頷いた。

「実は師匠の考えで初日の一カ月前まで桔梗に触れないことになったんです。終盤三分、俺自身

も人形になるために。だから、桔梗に会ったらごめんって言っておいてください」

「大丈夫よ、桔梗はちゃんとわかってくれるわ」

そう言った後、突然、真琴が声を潜めた。

「雅人が会長に勘太郎の首を新しく造り変えることを約束させたわ。古い勘太郎の首のままじゃ、呪いが復活するかもしれないと思って。まだ油断はできないけど」

ほんの少し前なら、「呪い」と聞いただけで慌てふためき、恐怖におののいていた自分だった。だが今は、真琴や朱雀、そして桔梗とともに「傀儡呪」に立ち向かう心強さがある。達也は深く頭を下げた。

「それを聞いて稽古に集中できます。ありがとうございます」

「そんな、私は何もしていないわ」

真琴はそう言いながらも、嬉しそうに達也を見つめた。

ナースステーションから「二十七番の方」とアナウンスされると同時に、液晶テレビの大画面に大きく番号が映し出された。

「あ、私だ」

真琴が慌てて腰を上げたので、達也も立ち上がった。立った拍子にバランスを崩したのか、真琴の体が達也に倒れるようによりかかった。

横から抱きかかえるような不自然な体勢になり、反射的に顔を上げた真琴と十センチもない近さで向かい合う。

「あっ……」

「ご、ごめん……」

なんでこちらが謝るのかよくわからないと思いながらも、場をしのぐように達也は言った。

ふと見ると、真琴の頬が赤くなっていた。その顔を見られたくないのか、真琴は顔を俯かせたまま「じゃ、また」と足早にナースステーションへと向かった。

シャンプーか柔軟剤だろうか。花のような香りが鼻をくすぐる。由良とぶつかった時もこれと同じような匂いがしたのを思い出した。

久々に嗅ぐ甘い香りにうっとりと目をつぶろうとすると、横に並んで座っていた老婆がにこやかにこちらを見つめている。はたと正気に戻り、逃げるようにして外に出た。

鼻先に残っていた微かな匂いも、外に出た途端に風に取られてしまった。手にはまださっきの感触が残っている。華奢な体。赤くなった頬。花のような香り。

「女のひと……なんだな」達也は呟いた。


稽古場に着くと、すでに朱雀は稽古を始めていた。

「おはよう」

「おはようございます……」さっき病院で、と言いかけたが口を噤《つぐ》んだ。今まで感じたことのないくらいに集中したオーラが朱雀の体から湧き上がっていたからだ。稽古初日はいつも以上の気合いが入ってしまうが、今までの朱雀はそういったことがなかっただけに驚いた。殺気めいた迫力に圧倒される。天才と言われる朱雀でさえもこの気合いの入れようだ。

負けられない――達也は初めてそう思った。様々なプレッシャーに対しても、朱雀に対しても。

初日の稽古は全体のおおまかな流れを確認しただけで終わったが、三巻ある物語の上演時間は約三時間半となり、出ずっぱりになる達也と朱雀は相当の気力と体力の消耗が考えられた。

達也はまず邪念を振りはらうために稽古前に座禅を組むことにした。乾いたスポンジが水分をたくさん含むように、体と心、すべてを空っぽにした状態で語りと音をしみこませる。そして、それを公演一ヵ月前からの稽古で一気に絞り出すのだ。

松濤が懸念していた「飢餓状態」にどれだけ耐えられるかについては考えず、今は目の前に控えている公演と、一日一日の稽古を大切にすることだけを考えよう、と決めた。

それが良かったのか、傀儡呪のことも頭をよぎることはなかった。自主稽古も三日が過ぎるころには、桔梗の気持ちが入り込むようになった。桔梗ならこうする、桔梗だったらこう言うだろう。すべてが桔梗の目線になった。五日目には桔梗の動きが見えるようになった。録音した太夫の語りと三味線の音を聞くと、自然に体が動き出してゆく。まるで自分と桔梗が同化したような錯覚も覚え、稽古十日目にはわずかだが自信すら感じられるようになっていた。松濤の検査結果が問題なかったことも安心材料となって、達也はより一層、物語の世界に没入していった。

それに対して朱雀は、達也とはまったく逆の方向に進んでいた。

稽古開始から五日を過ぎた頃、朱雀は風邪をひいたと言って休んだ。それは、普段から体調管理を徹底している朱雀からは考えられないことであった。十日後、稽古場に復帰してきた朱雀の顔は、とても風邪が完治したとは思えない顔色の悪さとやつれようであった。

案の定、動きもまるでなっておらず、集中力にも欠けていた。別人ではないかと思うほどの動きに、様子を見にきた初大夫は稽古を中断させた。それから二週間が経ち、一ヵ月が経っても、動きの鈍さは改善されず、以前のような芸術的な所作は消え失せてしまっていた。

「あいつ、なんかあったんやろか」

通常公演が終わり、達也は楽屋で清武とうどんをすすっていた。心配そうに呟く清武に達也は言葉を返さず、黙って揚げをほおばった。

朱雀のことはあまり意識しないようにしていたが、あの生気のない姿、以前の朱雀からは考えられない動きの悪さには、絶対なにか原因があるはずだ。

「もしかして……コレに逃げられたんかいな」

そう言って突き出された小指を見て真琴の顔が思い浮かび、げほげほと大きく咳き込む達也に清武は水を渡した。

「男も女も調子狂うときはだいたい原因がこれや。そやけど、朱雀ほどのええ男をあんなんなるまで落ち込ませるなんて、よっぽどええ女やったんやなあ」

まさか真琴と別れたんだろうか。どう考えてもありえない話だが、稽古が終わったら床山部屋に行ってみようか、そんな思いがよぎった。しかし、今は稽古に集中しなければならない。真琴のことは気になるが、達也はぐっとこらえた。

だが、朱雀の状態は一向に変わらなかった。

朱雀が外されるかもしれない――。そんな噂が立ち始めた。代役の検討を含めた会議が上層部で開かれているという噂も聞こえ始めた。

ここまで自分の心を抑えてきた達也も、集中の糸が何度か切れそうになった。

幾度も床山部屋に行きたい気持ちを抑えてきたが、そうすればするほど、気持ちは大きくなっていく。達也は思い切って真琴の携帯に何度か電話をかけてみた。だが、電源は切られていた。

嫌な予感がした達也は地下三階へと走った。なぜだかわからないが、そこにいる予感がした。

急いで階段を降りても、なかなか地下三階までたどり着かない。早く行きたいという気持ちばかり急いて足が思うように動いてくれない。

やっとの思いで地下三階に着き、転がるように首倉庫に行くと、激しい物音が聞こえた。慌ててドアノブを回すも、中から鍵がかかっている。

「神崎さん、僕です！　屋島です！　開けて！　神崎さん！　開けるんだ！　開けろ!!」

ドアを叩きながら叫ぶ。耳をつけてみると、かすかに声が聞こえた。聞き覚えのある男の声だ。

「朱雀兄さん!!」

思い切り蹴る。壊れてもいい、とにかく開けなければ。「神崎さん、朱雀兄さん！　開けるんだ!!　開けろ!!」

ドアの表面が靴跡だらけになった。と、その時。ドアノブが微かに動いた。

達也はすかさずノブを握り左右に動かした。開いた！

「神崎さんっ！」

そこには桔梗と出会った夜のような光景があった。

部屋中に散らばる何十もの首。棚にあった小道具と着物が散乱している中に真琴が倒れ、うなだれた状態の朱雀がいた。

「……これは、い……いったい……」

達也は真琴に駆け寄ると抱き起こした。だらりと脱力した体。額から血が流れ、気を失っている。真琴の腕からずり落ちたのは、首のない人形だった。しだれ桜と手鞠、風車が画かれている黒地のちりめんの打掛は、桔梗がいつも着ているものだ。

「何したんですか……桔梗に何をしたんですか！」達也は朱雀に向かって叫んだ。「答えろよ!!」

黙ったままの背中に摑みかかるが、散らばった着物と小道具に足を取られて朱雀の上に倒れ込む。

「……もう少しなんだ」体の奥から呟くような声がした。

「え？」

「……もう少しで僕にも聞こえる」

「なに言ってんですか」ゆっくりと体を起こすと、朱雀の前に出て屈んだ。俯く朱雀の顎を上げてみると、不精ひげを生やした顔があった。目は虚ろで、焦点が定まっていない。あの精悍で凜とした美しさが跡形もなく消え失せてしまっている。あまりの変貌に達也は朱雀の両肩を掴むと、その体を大きく揺らした。

「朱雀兄さんっ、いったいなにがあったんですか！　どうしてこんな……」

「静かにしてくれないかな……」虚ろな目に鈍い光が差す。「静かにしてくれないと人形の声が聞こえないじゃないか」

その目に何かが宿った。とっさに達也は朱雀から離れようとしたが、朱雀の反応のほうが早かった。朱雀は達也を押し倒すと馬乗りになって、両手で首を押さえ、しめつけた。朱雀の顔がみるみるうちに赤く染まっていく。その色が濃くなるにつれて、手の力が強くなり、細く長い指が達也の首にめり込む。足をばたつかせてはねのけようとしても、華奢な体のどこにそんな力があったのかと思うくらいにびくともしない。

苦しさに目の前が暗くなる。だが、今は死ねない。死ぬわけにはいかない。達也は目を大きく見開き、歯を食いしばってあらがった。

「真琴やお前には聞こえてるのになんで僕には聞こえないんだ！　なんで、なんで、なんで、なんで!!」

絶叫が耳をつんざく。だが、それは涙声だった。朱雀は泣いていた。

「朱……雀……兄さん……」しめていた力が急に弱まった。朱雀は達也の首から手を離すと、ふらふらと立ち上がった。

「もう少しで聞こえるんだ……もう少しなんだ……」

朱雀はうわごとのように何度も繰り返しながら、唇の端を震わせて笑った。弱々しい笑みを浮かべた顔から「天才」と賞賛された輝きはなくなっていた。朱雀はドアのそばにおいてあった袋を手にすると、よろよろと倉庫から出て行った。

達也は激しくせき込みながら体を起こすと、すぐに真琴に駆け寄った。

「神崎さん、神崎さん！　しっかりしてください!!」

頬を叩きながら真琴を何度も大きく揺さぶった。すると、瞼が微かに開いた。

「……つやくん……?」自分の名前を呼ぶ声に、達也は思わず真琴を抱きしめた。

「き……桔梗の……か……しら」

「え?」途切れ途切れに聞こえるか細い声に耳を近づける。

「雅人……とっていっ……た……」

「な……なんだって!?」

あの袋に、桔梗の首が入っていたのか。

「なんのために……」最悪の予感がする。

「……とり……ひ……き……」そう言いのこし、真琴は意識を失った。

達也は真琴をおぶって一階に上がると、タクシーに乗せて信濃町の大学病院へと急いだ。

診察の結果、頭部に軽い打撲があり、肋骨にひびが入っていたことがわかった。おそらく、朱雀が暴れていた時のものだ。どんないきさつであれ、女に暴力をふるう男は最低の最低だ！　真琴をこんな目にあわせやがって絶対に許せねえ。

怒りに燃えたぎる達也を担当医が恐る恐る覗き込む。

「あの……旦那さん……」

「へ……？」

どうやら達也を真琴の夫だと勘違いしているようだ。あわてて否定しようとすると、

「奥様、四カ月目に入ってますよ。万が一と思い、産科のほうでも検査を行なったのですが大丈夫でした。よかったですね」

にっこりと微笑まれる。達也の頭の中は白いペンキをぶちまけられた状態になった。

担当医は「お大事に」と言って病室を出て行った。

安定剤を打たれて眠る真琴の顔をじっと見つめた。一刻も早く、桔梗の首を取り戻しに行かなければならないのに、体が動かない。

——奥様、四カ月目に入ってますよ。

担当医の声が何度も何度も頭の中をぐるぐると駆け巡る。相手は間違いなく朱雀だ。達也は頭を抱え込んだ。

どれくらい時間が経ったのかわからない。うずくまる背中に何かがふれた。ゆっくりと顔を上げると、手を伸ばした真琴がこちらを見つめていた。

「……達也くん……」

達也は返事をしようとしたが、顔がこわばってしまった。

「聞いちゃった……？」真琴は察したようだった。

「姉弟なのに、なんで……」

「寂しかったから」

それははかない笑みだった。

「愛されてるのにね……なんでかわからないけど、すごく寂しかったのよ」

モラルを超えて愛情を貫く強さがあっても、心に巣くっていた寂しさには勝てなかった弱さが、その笑みには表われていたような気がした。

「火傷の次は赤ちゃんを使ってつなぎとめようとして……浅はかよね」

達也は呆然としたまま真琴を見つめた。そんな達也の様子を気にとめることもなく、真琴は脇腹を押さえながらゆっくりと体を起こした。カーディガンを羽織ると、小さくため息をつく。

「高校一年生の時、引き取られた家で火事があったの。養父母は逃げ遅れて死んだわ。火事の原因を作ったのは私。ストーブを倒して、自分の顔に火をつけたの……」

自分の顔に火をつけた――。

あまりにも衝撃的な言葉に何も言えない。年頃の女の子が自分の顔に火をつけるなど、尋常ではない。真琴をそこまで追い込んだのは何か。達也は次に出てくる言葉を聞くのが怖かった。だが、真琴は淡々と話し続けた。

「雅人とは死ぬまでずっと一緒だと思っていたわ。でも中学くらいから、雅人は私を避けるようになってきたの。人形と話をするお姉ちゃんが気持ち悪いって……」

真琴は唇を噛みしめた。

「コインロッカーに捨てられた時のこと、どこかで覚えてるみたいなの。まだ赤ちゃんだったのに変よね。暗くて狭い密室にふたりで閉じ込められている夢を、子供のころから毎晩のように見た。夢なのに血の匂いまでするの。それが怖くて怖くて泣きながら目ざめたわ。でも雅人にまで怖い思いをさせちゃいけないと思って言えなくて。近所の教会からクリスマスプレゼントにもらったフランス人形に辛い気持ちをずっと話していたの。そうしたら、突然、声が聞こえるようになって……」

最初は戸惑った真琴だったが、人形と話すことで学校で受けるいじめや養父母からの暴力にも耐えることができ、精神のバランスを保っていられたと言う。

「あるとき、その人形に雅人を好きだという気持ちを見抜かれてしまったの。雅人に対して恋愛感情を持っていることはずっと隠していたけど、どこかでそれがわかってしまったみたい。でも、雅人も私のこと好きだって言ってくれてたから、私はもうそれだけで充分だった。だけど、中学校に通い始めてからだんだん話をしなくなってきて……今から考えると、年頃の男の子だから仕方がないのに、私は雅人が自分から永遠に離れていってしまうようで気が気じゃなかった」

そして高校生になり、雅人にガールフレンドができた。自分とは正反対の、テニス部の活発な女の子だった。登下校の時に肩を並べて歩くふたりの姿を見て、悲しさで胸が張り裂けんばかりだった。

「毎晩のように泣いたわ。今までふたりで支えあって生きてきたから、これから先もずっと一緒だなんて、私ひとりだけが思いこんでた。バカよね。でも、あの時はそう思えなかった。だから人形と取引きをしてしまったの……」

取引き。そういえば、首倉庫でも真琴はそう言っていた。

「それ、どういうこと?」達也はやっと口を開くことができた。

「人形は自分をゴミとして捨てようとした養父母を殺してほしいと言ったわ。そして私の顔を焼けば、望みを全部叶えてやると。だから、焼いたの」

「それって傀儡呪じゃないか!」達也は真琴の肩を強く掴んだ。

「そうよ、傀儡呪よ! 私は傀儡呪を使って、雅人の心を、愛情を永遠に手に入れたのよ! だって、一番欲しかったんだもの! 欲しくて欲しくてたまらなかったんだもの!」

誰にも言えない恋心を長く抱えこんでいた真琴が、想いの深さゆえどうすることもできずにバランスを崩し、藁にもすがる思いで家に火をつけ、自身の顔を焼いた時のことを思うと、達也はそれ以上何も言うことができなかった。

「私はお紺と取引きした会長のことを批難できる立場じゃないわ……それに私はずっと涙がひとしずくこぼれ落ちた。「あなたと桔梗にずっと嘘をついていた……最低だわ」

達也はかける言葉を探しあぐね、黙ったままでいた。真琴は話を続けた。

「『しだれ桜恋心中』の稽古を始めてから雅人の様子がおかしくなったの……今までになく落ち着きがなくなった。最初は気持ちが昂ってるのかくらいに思ってたんだけど、そのうち、独り言を言うようになってきて……よく聞いてみると」

達也には思いあたる出来事があった。

「『なんで僕には人形の声が聞こえないんだ』」

達也の言葉に真琴は頷くと、「ああ……」と絶望したように声を漏らし、顔を手で覆った。

「雅人は本当に天才なの！　あの子の能力は本物なの！　雅人もそんな自分を誇りに思っていたのに……なのに、今までできていたことが急にできなくなった。日が経つにつれ、できないことがどんどん増えて……稽古を仮病で休んで、家で暴れるようになってきて……」

そして今日の夕方、朱雀の携帯が鳴った。

「その電話を切ったあと、雅人は突然私から首倉庫の鍵を奪い取ったの」

真琴は脇腹を押さえながら腕を伸ばすと、達也が持っている鞄を指さした。それは真琴の鞄だった。

「その中に雅人の携帯があるわ。ここを出たら着信履歴を見て」病院内では携帯電話の使用が禁じられているが、達也はすぐにでも電源を入れたい衝動にかられた。

「雅人は桔梗の首で誰かと取引きしようとしているわ。間違いなく傀儡呪を使おうとしているのに、私はそれを止めることができなかった……」真琴は達也の腕をぐっと摑むと身を乗り出した。

「人形の首は体とつながったときに力を発揮するから、今の桔梗は何もできない状態なの。今は雅人よりも桔梗のことが心配よ！　お願い達也くん、桔梗を助けて！」押し出すように腕を離す。

達也は力強く頷くと、携帯を摑んで病室を飛びだした。

外へ出るとすぐに携帯の電源を入れた。十八時三十四分に通話記録が残っていた。履歴をさかのぼると、昨日の夕方十七時四十七分にも同じ番号から連絡が入っている。

すぐに折り返し発信をするも、二、三度呼び出し音が鳴った後に切られる。何度かけなおしても同じことの繰り返しだった。慌てふためく姿をせせら笑うような態度に苛立ちが募る。

「いったいどこへ行ったんだ……」

達也ははやる心を抑えるように目を閉じた。

人形の首を要求するということは、体から離せば力を失うと知っている人物だ。それを知っているのは人形自身、もしくは人形の声が聞こえる人物。そして、朱雀はその人物をよく知っている。ゆえに、普通の精神状態ではない状況にありながらも要求にすぐに応じた。だが、桔梗の首を奪い、力を失わせることで得をする人物がいったい誰なのか、達也には見当がつかなかった。とにかく首の受け渡し場所を探し出さなければ。

達也は閉じていた目を開けるなり、タクシー乗り場に走った。自動ドアが開くのも待ちきれず、こじ開けるようにして座席に座ると適当に行先を告げた。

時計を見ると、もうすぐ零時を回るところだった。病院にいた二時間半の間に朱雀と相手の人物は取引きを済ませているかもしれない。そうなると、たとえ朱雀を追及したところで、桔梗は相手の手に渡ってしまっている。もうどうすることもできない。すがるような思いで達也は発信ボタンを何度も押した。だが、さっきと同じ反応が繰り返されるだけだった。

数十回はかけ続けたであろうか。

「もしもし」

突然、這うような低い声が聞こえた。

「話がある」

相手は場所だけを告げると通話を切った。

達也がすぐに行先の変更を告げると、タクシーは反対車線に移動した。運よく工事渋滞にもあわず、五分もしないうちに赤坂見附を通過した。

タクシーを降りて夜空を見上げた。月が凍ったように真っ白く輝いている。すっかり冷たくなた外気が冬の訪れを告げている。

達也は急く心とは反対にゆっくりとその建物に近づいた。

見慣れた建物なのに、今夜の「文楽劇場」は夜の闇に大きくそびえ立っているように見えた。


守衛室に向かうと、おじさんがカップラーメンをすすっていた。達也がガラス窓を叩くと、急いで麵を飲み込み、驚いた顔で近づいてきた。

「おやまあ、松濤師匠のとこの。こんな時間にどうしたんですか」

「すいません、楽屋に忘れものしちゃって……」

おじさんはわかったわかったと頷きながら、セキュリティシステムを操作してロックを解除した。

「あの……誰かいますか？」達也が恐る恐る尋ねると、「いないよぉ」と即座に答えが返ってきた。

「どうかしたんですか？」おじさんはきょとんとしている。

「いいえ、あの、なんでもありません」達也は頭を下げると、中に入った。

電話の男は文楽劇場と言っただけで建物のどこで会うかは指定しなかった。

達也はまずエレベーターで地下三階まで下りた。首倉庫を確認してみたが、誰もいない。地下二階の書物倉庫も同じだった。一階の劇場フロア、二階と三階の楽屋、四階と五階の稽古場も人の気配がない。六階と七階の事務室と最上階の八階の会長室は鍵がかかっていたので、ドアに耳を近づけたが何も聞こえなかった。

「桔梗……ごめん」達也は自分のふがいなさが悔しかった。

とぼとぼと階段を降りながら、桔梗と初めて出会った夜のことを思い出す。絹の布から取り出した顔に、自然と「きれいだ」と呟いていたこと。二度目に会った時、まるで人間のような動きで脇息に寄りかかった。名乗った時の気高い顔つき、煙管を吸うすました横顔。浴衣姿を褒めた時、頬を染め恥ずかしそうに俯いた顔。

「ごめん……ほんとにごめんな……」

情けなさと悔しさで心が張り裂けそうになり、達也は屈みこんだ。「ちくしょう……」

携帯を握りしめたまま、こぶしを床に叩きつける。力んだ勢いで親指が発信ボタンを押した。

すると、近くで呼び出し音が鳴った。

達也は一階のロビーに出た。焦るあまり、小劇場の中はまだ見ていなかったことに気がつき、慌ててドアを開けた。

真っ暗な客席で、着信音が鳴っている。音のする方向に耳を澄ました。静まりかえった客席に響きわたる音は舞台の方向から聞こえてきた。が、達也が入ってきたことを確認したかのようにぴたりと止まった。

いったい誰なんだ——。

ふと、なにかが動いたような気がした。息を潜め、あたりをうかがう。油断はできない。達也は防護のために手を前に構えた。すると、突然。

「よお」

声とともに灯りがつき、達也の目の前に白い顔が飛び込んできた。

「うわああっ!!」

達也は腰が抜け、へたり込んだ。

「だ、だ、誰だ!」

つり上がった太い眉。凜々しい目元。美しく整った顔かたち。

「源太《げんだ》……?」

それは二枚目役の若い男に用いられる首だった。だが、拵えの済んだその姿は、侍でも合戦ものの若大将でもない。若いながら大島紬をさらりと着こなす姿は裕福な暮らしぶりが窺える。それはまさしく、

「花散里《はなちるさと》っていう反物《たんもの》が大はやりしたおかげで江戸で一番の反物問屋になった、越後屋のひとり息子、勘太郎だな」

達也の言葉に、源太は鼻で笑った。

「おい、こいつ、お前が言うほど馬鹿じゃねえぞ」

源太は誰かに話しかけた。

「そうかぁ？　でも、ワイの声、一発でわからへんかったぜ。ま、こういう舞台設定のために声色をちょっと低めに変えたけどな」

後ろから聞こえた声。それはつい先日まではよく聞いていたが、今では自分の日常から遠ざかった声だった。

「元気やったんか、ワレ」

「寂寿兄さん……」

久しぶりに見たネズミ顔。ジャージ姿の桐谷寂寿が出歯を剝き出しにして、ニタァとだらしなく笑った。その横に源太が、いや勘太郎が寄り添うように佇む。会長は勘太郎の首を新しく造り変えると朱雀と約束したものの、古い首をどうするかは未確認だったことに、達也は気づいた。

「お前ら、グルなのか……」

詰めの甘さに大きく舌打ちした。

「おいおい、感動の再会にその言葉はないやろ。寂寿兄さん、お久しぶりです。お元気でしたか。やっぱり兄さんがおらんと舞台がしまりませんって言うてみい、このドアホ！」

憎々しげにそう言うと、寂寿は達也の胸倉をぐいと摑んだ。

「お前と朱雀、今度の三月公演で最後にひとり遣いやるそうやないか。小幕引きが大出世やな。そやけど、それもこれもワイのおかげやで。感謝しいや」

「どういうことだ？」

いぶかる達也をじらすように寂寿はすぐには応えなかった。達也を離すと、舞台の上へ飛び乗ろうとしたが、以前よりさらに太った体ではなかなか飛び乗ることができない。結局、突き出た腹の肉に苦戦しながらよじ登った。汗まみれの顔をジャージの袖で拭う。

「それにしても天才っちゅうもんは脆いなあ。あそこまでボロボロになるやなんて思いもせんかったけど、でもまあ、おかげでおもろいもん見せてもろたわ」

朱雀の不調の原因がこれでわかった。傀儡呪だったのだ。

「てめえ、人形使ってなんてことしやがった！」

達也は舞台の上に駆け上ると、今度は寂寿の胸倉を摑んだ。長きにわたり敵視していた朱雀が半ばノイローゼ状態になってしまった姿がよほど嬉しかったのだろう、寂寿はひゃっひゃっひゃっとひきつるような声をあげて笑い続けた。

「おい、それ以上乱暴なことすると桔梗が危ないぜ」

耳元で勘太郎が囁いた。一瞬気がそれたのを見のがさず、寂寿は達也の手を振りはらうと、殴りかかった。拳は見事に鼻に的中し、達也は舞台の下手まで吹っ飛んだ。

「あんとき、お前に殴られてワイは鼻の骨を折ったんやぞ！　ああ、これですっきりしたわ。居残ってた甲斐があったちゅうもんやな。ほな、さいなら」

立ち去ろうと背を向けた寂寿に達也はタックルした。ふたりは揃って舞台上手に倒れ込むが、達也はすぐに起き上がり、寂寿に馬乗りになった。

「なに企んでるんだよ！　いったい……」

鼻から滴る血が寂寿の頬や鼻にぽたぽたと落ちた。寂寿は目を丸くしたまま何も答えない。さきほどまでの饒舌ぶりが嘘のように、固く結んだ唇がぶるぶると震えている。

「操ってんのはお前か！」

激昂する達也を見て、勘太郎がにやりと笑った。

「そう、操っているのは俺たち人形のほう。人形を操っているというのは遣い手どもの思い上がり、驕りに過ぎん」

勘太郎が達也の前に立つと、寂寿は達也をはねのけて勘太郎の後ろに隠れた。

「お前たち人形遣いは考えもしないだろう。演目が変わるたびにいろんな性根をねじ込まれて、俺たちの頭の中は爆発しそうなんだ。だけど、桔梗……あいつだけは違っていた。あいつは生まれてからずっと桔梗花魁。でもそれだけじゃない、あいつの中には俺たちにはないものがある。同じ人形なのに、俺たちの持っていないものを持っている桔梗が、富倉屋桔梗花魁というひとつの人生だけを生きている桔梗が、俺はずっと憎かった。そんな感情を長い間抱えているうちに、この憎しみはあいつを壊すことで消えることに気がついたんだ」

「壊す……殺すということなのか」達也の言葉に勘太郎は静かに頷いた。

「だから、俺と同じ憎しみという感情を抱いている人間を探した。寂寿は朱雀を憎み、自分に厳しい処罰を下した父親の潤之助を憎み、そして文楽を憎んでいる。こうして俺たちの間に傀儡呪が生まれたんだ」

「それで朱雀兄さんをあんな目にあわせたのか！　能力を奪い、精神的に追い込んだ挙句に弱みにつけこんで桔梗の首を盗ませた」

「でもこれで、朱雀は元通りの天才人形遣いに戻れたわけや」

勘太郎の後ろで寂寿がぼそりと呟いた。

「ワイは今度の『しだれ桜恋心中』をつこうて、ワイのことをバカにしてた技芸員の奴らを全員殺す。そしてワイのことをずっと認めんかったパパも殺してやる……」

正気を失った目。寂寿は本気だと達也は思った。

「文楽をつぶす気か！」

「文楽？　へっ、そんなもん、どうなってもええわ！」

寂寿は客席内にこだまするほど声を張り上げると、

「助成金減らされても、伝統の二文字のためにやり続けなあかんやなんて、ワイにはアホらしゅうてアホらしゅうてしゃあないわ」

達也の脳裏に、稽古場や楽屋裏での技芸員たちの姿が浮かび上がった。現実的な問題が目の前に突きつけられても、みな、厳しい修業に励む毎日を送っている。すべては、文楽を愛し、慈しみ、そして未来へとつなげるために。

寂寿は、そんな技芸員たちの人並みならぬ努力と文楽への想いをバカにしているのだ。父や周りに認められたいだけで、何ひとつ努力などしていない人間に何も言う資格はない。かつては同じ世界に身を置いていた者のあまりの暴言に、全身が怒りに満ちて震えが起こる。

寂寿はそんな達也を鼻で笑うと、ジャージのポケットから掌くらいの大きさの黒い手帳を取り出した。

「なんだ……それ」

「見てわからんのか？　手帳や。そやけどただの手帳やないで、これは打ち出の小づちや」

寂寿は得意げに笑うと、達也にページをめくって見せた。

「パチンコ代が足りんようになってきたんで、なんか金目のもんあるかと家ん中を漁っとったら、これが出てきよったんや。最初は何月に公演があるとか稽古はいつからやとかのつまらんことばっかやったが、そのうち面白いことがぎょうさん書かれ始めたんでびっくりしたわ。けど、年寄りっちゅうのはなんで自分に都合の悪いことまで書いてとっておくんやろな。一種のボケ防止やろか」

それをネタに三枝美津雄から金をゆすり取っていることは聞かなくてもわかった。そして、父親を自分の配下に置くことができるほどの秘密が書かれてあることも。

「この手帳はまさに『黒革の手帖』や。あの話になろうて、ワイも銀座に高級クラブ出そうかいな」

寂寿はおどけたように言うと手帳をうっとりと眺め、ポケットにしまい込んだ。

「お前も朱雀もワイの殺すリストに入れとるけど、舞台は最後まできっちりやってもらわんと困るんや。やないと、皆殺し計画が台無しになってまうからな。桔梗の首は公演が終わるまでワイが預かっとく。桔梗の代わりは倉庫にある傾城の首でやれ。警察に言おうやなんてちょっとでも変な気ぃ起こしたら、すぐに桔梗を壊したる」

そして、顔をノミで割る真似をするとニタァと笑った。達也が垂らした鼻血がいくつも筋を作り、不気味さが増す。

「ええか、ワイは今日からお前らのこと見張ってるで。このことよう覚えとき」

寂寿は舞台からどすんと降りると通路を歩きだした。勘太郎もそれに続いた。

自分のほうが相手より完全に優位に立っていることを認識すると、人は抱えていた思いを話してしまうものなのだろうか。おかげで達也はだいたいのことを把握できたが、桔梗の首を形《かた》に取られ、劣勢な状況に置かれていることは変わらない。

突然、寂寿が振り向いた。

「そうや、土産話にひとつ面白いこと教えたるわ」達也は顔をしかめた。

「お前の師匠とうちのパパ、昔デキてたらしいで。手帳に書いてあった」

「……え?」

「昔、向島っちゅうところに男娼館があってな。そこでチチクリおうてたらしいわ。あ、男同士やからチチクリやないな。ま、そんなことどうでもええか。ほなら、またな」

啞然とする達也の顔を見た寂寿は出歯を剝き出しにしてひゃっひゃっと高笑いをすると、手を振りながらドアの向こうに消えた。

あの師匠と、あの会長が同性愛……？　どう反応したらいいかわからない。

視線を感じて前を向くと、勘太郎が達也を睨みつけていた。達也も負けじと勘太郎を睨み返す。

「お前の本当の狙いはなんなんだよ！」

勘太郎は口の端を吊り上げた。

「人間を操ることが面白い、ただそれだけさ」そして勘太郎も劇場を出た。

二人が出ていって、達也は張りつめていた緊張の糸が切れたのか、床に両手をついた。

連れ去られてしまった桔梗の首。真琴の妊娠発覚。朱雀を介して新たに生まれてしまった傀儡呪。そしてそこに松濤と会長との過去の関係が加わり、達也の頭は爆発しそうだった。

「俺はどうすればいいんだ」

達也は髪の毛をぐちゃぐちゃに掻きむしる。事態は改善されないまま、最悪の方向に向かってしまった。


そして年が明けた。

いよいよ拵えをした人形を使っての稽古が行なわれた。達也は荒立つ気持ちを鎮めることができないまま、稽古に入った。

あれから朱雀は何事もなかったかのように調子を取り戻した。鋭い音感を活かした間の取り方と繊細かつ大胆な動きにさらに磨きをかけた姿に、スタッフや他の技芸員たちは安堵した。約六十年ぶりの上演に加え「呪いの演目」と宣伝したおかげで固定ファン以外の注目度も高く、チケットは最速で完売、追加公演も予定され、稽古場には久々に活気が戻った。

一方、桔梗の首は依然として行方不明のままであった。

稽古には別の傾城の首が使われている。同じ花魁の首と言えども、やはり桔梗花魁は桔梗の首でなければできない。事態の収拾だけでなく、摑んでいた桔梗の気持ちを反映させることができず、達也は苛立った。

それでなくても、いろんなことがあり過ぎてずっと混乱したままだ。なるべく気をそらし、稽古に集中しようとしたが、頭の中は空っぽにできない。集中できない分、動きが鈍くなる。だが、周りからは動きが悪いという声が出てこない。自分でもはっきりと不調とわかるのに、達也は不思議に思った。

もっと驚いたのが、勘太郎の首が源太ではなく若男の首になっていたことだった。首担当の藤村さんに聞くと、朱雀からイメージではないから変えてほしいと言われたそうだ。源太を守るために達也から遠ざけたとしか考えられない。呪いを解かれたかのように見えた朱雀だが、まだ心が操られていると達也は思った。

真琴は怪我も癒えて、床山部屋に復帰した。七ヵ月目を迎えたお腹はゆったりとした服のせいかそれほど目立たず、以前と変わらぬ痩せた体はあまり妊婦には見えない。それでも妊婦は妊婦だ。真琴の体調が気になり、達也は以前よりも床山部屋に足を運ぶことが多くなった。

「達也ちゃん、噂になっとるで」いつものように楽屋でうどんをすすっていると、清武に肘で脇腹をつつかれた。

「なにがですか」

「またまたぁ。とぼけちゃってえ」清武はにやにやしながら上目づかいでこちらを見た。「真琴ちゃんと最近仲がええらしいやないの」

「ええっ？　あっ……」

否定もせずに言葉に詰まる達也に清武は目を見開いた。

「図星なんかっ！」

「おじさん、カマかけてたんですか！」

清武は笑顔で頷いた。達也はコップの水を一気飲みすると、

「でも、おじさんが考えてるようなことはありませんから！　俺たちは……」

「俺たちやってぇ？　もうそんなとこまで行ったんかいな！」

「いや、あの、それはですね」

すると、清武は目がしらを押さえた。

「わて、なんか嬉しうてなあ。真琴ちゃん、ほんまにええ子やし。あんなええ子と達也ちゃんが結婚したら嬉しいなあ、なんて実は前から勝手に考えてたんや。そしたらほんまに……」

清武の目からぼろぼろと涙がこぼれる。「梅濤はんも草葉の陰で喜んではるやろなあ」とまらない妄想にため息をつきながらも、達也は父が朱雀と真琴を文楽の道に誘ったことを思い出した。すべては桔梗から繋がった縁である。改めて桔梗の存在の大きさを思い知った。

桔梗の煙管をくわえた顔が浮かんだ。

寂寿と勘太郎の居所がわからないまま、長い時間が過ぎてしまった。正月休みを利用して大阪の劇場にも行ってみたが、手掛かりはなかった。桔梗は元気でいるんだろうか。なかなか助けに来ない自分のことを怒っているに違いない。今度会ったら思い切り引っぱたかれるだろうな……そんなことを考えながら、達也はコップの水滴をぼうっと見つめた。

「真琴ちゃんのこと考えてんのやろ」清武がにこにこしながら達也の頭を小突いた。

「そんなこと……」頭を大きく横に振ると、

「ええ加減、もう隠すことないやろ」そう言いながら、清武はお腹が膨らむ仕草をした。

はっと顔を上げた達也に清武は、

「仲人やったらわてがやるさかい、遠慮のう言いや」と言うと水を飲み干した。

こういう話になるとだいたい先走ってしまうのが、身内やそれに近い人間だ。

「でも」と言いかけると、清武は腕時計を見るなり立ち上がった。いつもは食べた後に三十分くらい雑談をするのだが、今日は珍しく約束があるようだ。

「ほな、達也ちゃん、また明日な」そう言って、清武は少し急ぐように楽屋を出ていった。

食べ終わった器を片づけて一息つくと、なぜ清武が真琴の妊娠を知っているのかが気になった。

清武おじさんはいい人だから、真琴は相談をしていたのかもしれない。だが妊娠にまつわる相談を職場の人間にするものだろうか。それも父親くらいの年齢の男に。

真琴から話を聞こうと床山部屋に向かった。ドアをノックしようとすると、中から朱雀の声が聞こえてきた。

反射的に後ずさりした。仕事の話をしているのかもしれないけど、ふたりが一緒にいるところは見たくない。すぐに踵を返して階段を上がった。

俺、妬いてるのだろうか？　真琴に対する自分の気持ちが、今ひとつよくわからない。好きか嫌いかと言われれば、嫌いではないと答えるだろう。でも「好き」とはっきり言えない。この気持ちはいったいなんなんだ。

考えてもよくわからない自分の気持ちに首を傾げながら、達也は劇場を後にした。

翌朝、松濤の屋敷の電話が鳴った。

寝ぼけた頭の中で誰かが電話を取ったことを確認すると、達也は寝返りをうった。薄く目を開けて時計を見ると、四時三十分を指していた。どうりでまだ暗いはずだ。起床時間までまだ二時間もある。もうひと寝入りだ、と思った時、ぱたぱたと廊下を走るスリッパの音が近づいてくるのに気づいた。足音が止まった。

「孔雀さん、起きてください」

襖の向こうで亜紀良の声がする。潜めた声に妙に胸騒ぎがする。はね起きるとすぐに襖を開けた。

「鶴山清武さんのご自宅からお電話です」

「清武おじさんの？　なんでこんな時間に」

「昨夜からお家に戻られてないようです。それで、なにか心当たりはないかと」

達也は部屋を飛びだすと廊下を走り、受話器を取った。

「もしもし、おばさん？」

聞こえてきた声はかなり動揺していた。だが、達也にも思い当たる場所がない。考えをめぐらしているうちに、おばさんの声は涙声に変わっていった。

腕時計を見て立ち上がった清武を思い出した。どこへ行くのか聞けばよかった。他の技芸員にも聞いてみると言っていったん受話器を置いたが、皆目見当がつかない。

「おい、清武がどないしたんや」トイレに起きたのか、松濤が奥から顔をのぞかせた。

「実は今、清武おじさんの自宅から電話がありまして、まだ家に帰ってないそうなんです」

「なんやて」寝ぼけた目を見開いた。「警察には連絡したんか！」

「はい……でも、おばさんが心配なので後で家に行ってみようかと」

達也は部屋に戻り手帳を取り出すと、清武が親しくしている技芸員の家へ電話をかけまくった。そこからまた違う技芸員を紹介してもらい、できるだけ多く連絡を取ってみた。松濤は松濤で自分の携帯電話を使い、親しい技芸員たちに連絡を取った。

達也が電話をかけ始めて二時間ほど経過した。三十人以上と短時間で話したせいかさすがに喉が渇き、ペットボトルの水を飲んでいた時だった。

けたたましく電話が鳴った。音量は上げていないはずなのに、なぜか大きく聞こえた。達也はごくりと水を飲み込むと、受話器を取った。

「はい、長谷川でございます」聞きなれた、しかし沈んだ声が聞こえた。

「……わかりました。僕も行きます。はい、それでは」

「どや、見つかったんかいな⁉」

松濤が急かす。だが、口を開いたものの、なかなか声が出てこない。達也は深く息を吸い込んで呼吸を整えた。

「今、清武おじさんの息子さんから電話があって」

「ほお、見つかったんか」

「清武おじさん……日比谷公園のベンチで」

「なんや、寝とったんかいな」

「死んでいたそうです」

松濤は口を開けたまま固まった。

「鞄の中に免許証と協会の身分証明書があって……それで」

信じがたい現実を口にした瞬間、達也の全身から力が抜けた。体は垂直に床に落ちると、大きく震え始めた。

「おじさん……どうして……」

清武がおいしそうにうどんをすする顔が浮かんで、消えた。


清武の遺体は日比谷公園の大噴水そばのベンチに座っていたという。ベンチのそばでワンカップ酒の空き瓶が数個発見された。

検視の結果、酒から毒物は検出されず、外傷もなかった。死因は心臓発作と判断された。

突然の出来事に技芸員をはじめとする文楽関係者は動揺した。初演時と同じ死因に、呪いではないかという噂が技芸員たちの間で囁かれ始めた。

三枝美津雄は技芸員たちの動揺を抑えると同時に、マスコミ対策として警部補を同席させて緊急の記者会見を開いた。そこで事件性のないことを強調すると、追悼の意味も込めて公演は中止せず、伝統芸能を守るために今後なお一層精進する、と語った。

達也は松濤や兄弟子と斎場に向かった。ショックのあまり体調を崩した松濤を抱えるようにして斎場に入ると、出入口付近にいた真琴と目が合った。真琴の表情も沈んでいた。達也は小さく会釈すると、斎場の奥へと進んで行った。すると、母の姿を見つけた。生前、清武夫妻と親しかった母は泣き崩れる清武の妻を支えるようにつきそっていた。

祭壇の遺影は清武が三味線を弾いているものだった。今から五年前の舞台『越後三代記』の切場でのものだ。研修所にいた頃、この舞台を観た。「太夫と共に語り、共に笑い、共に泣き」と賞された清武の三味線は、ファンはもちろんのこと技芸員の間でも愛された。ゆえに、参列者の多くがその突然の死を受け入れられずにいた。

達也もそうであった。清武は研修生時代からずっと自分を見守ってくれた。落ちこんだ時も、楽屋でうどんを食べながら話す愚痴や雑談でどんなに救われたか。そして何よりも、今回の公演で初めて共演できることを清武はとても喜んでくれていた。

「梅濤はん、きっと天国から見に来てくれはるで。がんばろな!」そう言って泣きながら笑っていたのに。

焼香を済ませロビーに出ると、行き交う人の中で真琴が手招きをしているのが見えた。

人混みをかき分けて近づくと、手をひっぱられて非常階段の踊り場に連れて行かれた。

「どうかしたんですか?」

自分から呼んでおいて、真琴はなかなか話そうとはしない。去年までの自分ならそんな態度に苛立っていたが、真琴の場合は逆に言いたいことがあるからそうなってしまうのだと、今はわかるようになっていた。

「なにか話したくて俺のこと呼んだんですよね？」そう言うと真琴は頷いた。それでもまだ口を開かない。達也はつないだままでいた真琴の手をぎゅっと握った。

「私……脅されていたの。清武さんに」

一瞬、真琴がなにを言ってるのかわからなかった。

「本当よ。お腹の子供の父親が雅人だってバラされたくなかったら五千万よこせって、先週言われたの」

「うそ……だろ」あまりに信じられなくて次の言葉が出てこなかった。真琴は小さく首を振ると、

「どうして雅人と私のことに気づいたのかはわからないんだけど、そんな大金あるわけないし、どうしたらいいかわからなくて、雅人に相談したの。そしたら、雅人が直接会うって……日比谷公園で夜の十一時に清武さんと会うって言ったの……」

昨日、清武おじさんはうどんを食べ終わったあと、腕時計を見るなり楽屋を出ていった。清武おじさんが待ち合わせたのは朱雀兄さんだったのか。

「ねえ達也くん、雅人が清武さんを殺したの？　殺しちゃったの？」

真琴は達也の両肩を摑むと震える声で尋ねた。

「そうや、朱雀が清武を殺した」突然、聞こえた声にふたりは同時に振りむいた。

非常階段の薄暗い照明の下で寂寿が、出歯を剝き出しにして笑っていた。

「舞台の宣伝も兼ねて、この演目は本当に呪われていることを証明せなあかんと思うてな。それで朱雀の傀儡呪つこうてな、清武に死んでもろうた」

ニタァと笑う顔に達也は殴りかかった。だが、すんでのところではね飛ばされ、達也の体は思い切り壁に叩きつけられた。

「てめぇっ……！」

寂寿の前に勘太郎が立ちはだかっていた。勘太郎は達也を見下ろすと、口の端を大きく吊り上げた。

「あいつは昔から劇場連中の弱みを握っては金をせびっていたクズ野郎だ。朱雀とその女のことも、劇場のどこかで抱き合ってるところでも見たんだろ」

達也が視線を移した途端、真琴が顔を伏せた。思い当たることがあるのだろう。そうなると、真琴が清武に脅されていたことを信じざるを得ない。

目を閉じると、清武の笑った顔が浮かぶ。達也にとっての清武は笑顔しか浮かんでこない。だが、その笑顔の裏にひとを脅して金をゆすり取る非道な顔があったのだ。

「……そんな」達也の頰を一筋の涙が流れた。

「参列してる奴らはみんな泣いとるけど、あのおっさんが死んで内心喜んでるんちゃうか。ちゅうことは、ワイらは人助けもしたっちゅうわけやな。こりゃぎょうさん感謝してもらわなあかんな」

　寂寿は泣いている達也の顔を見て鼻で笑うと、真琴に目を向けた。

「そやけどな、お前の弟は殺人犯やで。人気イケメン人形遣いが殺人犯やなんて、世間にバラされとうなかったら一億円よこせ。でも、ワイはあのおっさんみたいに今すぐくれちゅうようなこと言わん。千秋楽まで待っといたる」

　寂寿は真琴の顔をしげしげと眺めた。

「よう見るとごっつう美人やないけ、ワレ。これさえなければ、もっと見れる顔なのになあ」

　下卑た笑みを浮かべながら、寂寿は真琴のケロイド痕がある左頬に手を伸ばした。達也がその手をはねのけようとしたとき、真琴が寂寿の頬を思い切り叩いた。

「触るな！　汚らわしい！」振り降ろされた手はわなわなと震えていた。さっきまで弱々しく怯えていた目には光が宿っていた。

「お前たちにこれ以上雅人を汚させない……汚させるもんか！」

　涙に濡れた目が寂寿と勘太郎を見る。

「雅人は……雅人は、私が守る！」

　力強くそう言い放つと、真琴はドアの向こうへ飛びだして行った。達也も後を追いかけて踊り場を出る。非常口のドアが大きな音を響かせて閉まった。

「なんや、あれ。しっかし、気ぃの強い女やな。ワイ、パパにかて叩かれたことないっちゅうのに」

赤く腫れた頬を押さえながら寂寿は床に唾を吐いた。

外に出るといつのまにか雨が降っていた。真琴がうずくまっていた。

「神崎さん……」

声をかけても真琴は動こうとしない。丸くなった体の上に雨が強く叩きつけるように降る。

「そんなことしてると、おなかの赤ちゃんが」

「バチが当たったんだわ！」

達也を拒むように真琴が叫ぶ。

「ひとの道を外れた結果がこれなんだわ……」

真琴はふらふらと立ち上がると、振りかえりもせずに歩き始めた。

「私、雅人と死ぬ。死ぬことにした……」

大きな雨音に紛れた声は、確かにそう聞こえた。達也は細い肩を摑むと、ぐいっと自分に引き寄せた。

「バカ野郎！　赤ちゃんはどうするんだよ！」

真琴は無言のまま、達也の腕の中で大きく手をばたつかせた。達也は激しく暴れる体を押さえ込むと、軋むほどに強く抱きしめた。

「神崎さんが死んだら、俺は……俺はどうすればいいんだよ！」

達也の叫びに、もがいていた体がぴたりと動かなくなった。

真琴の顔がゆっくりと上を向く。すがるような目、色を失った唇。

達也は真琴の顔を両手で抱えると、その唇に自分の唇を重ねた。

真琴は抵抗せずに達也の背中に手を回すと、上着をきつく摑んだ。

「たすけて……」

唇を離すと真琴はそう呟いた。達也はそれに応えるようにもう一度抱きしめた。降り続ける冬の雨にはかない温もりが奪われてしまわないように、強く強く抱きしめた。

それを朱雀が見ていたことも知らずに。


雨は止むこともなく、朝まで降り続いた。

トタン屋根に響く雨音を聞きながら、体を寄せあい、手を重ね、かすかに聞こえてくる寝息を子守唄に、達也は久しぶりに深く眠れたような気がした。

まだ眠る横顔に指を伸ばして頬にかかった髪をはらうと、真琴の目がうっすらと開いた。

「……おはよう」

自分を見つめる目に急に照れてしまった。そんな達也を見て真琴も顔を赤らめると、慌てて起き上がった。

「コーヒー飲む？　それとも水がいい？」

真琴は視線を合わせないまま台所へ行くと、テーブルに置いてあったテレビのリモコンを押した。なりゆきとは言え、一晩を共に明かしてしまった状況に戸惑うふたりの間に、昼のワイドショーの騒々しい音声が入り込む。台所から良い香りが漂ってきた。

達也はゆっくりと体を起こすと、テレビの画面を見た。画面には大型クレーン車が駐車場に横転している映像が映しだされている。左上には「速報：クレーン車横転　死亡一名重傷者三名」とテロップが出ていた。

ヘリコプターからの俯瞰で撮られた映像はまるでおもちゃのクレーン車が横たわっているように見えたが、下敷きになった車に横付けしてある救急車と救命現場を覆い隠すブルーシートが事故の凄惨さを生々しく伝えている。

「新宿通り沿いみたいね……」真琴はテーブルにコーヒーを置くと、画面に見入った。

アナウンサーが新しい原稿を受け取りながら、神妙な面持ちで入ってきた情報を告げてゆく。死亡した男性は下敷きになった車を運転していて、身元はまだ不明。重傷を負ったのはクレーン車の運転手とビルの建設現場にいたオペレーター、そして通行人だという。

達也も真琴も何も言わず、ただ画面を見つめた。遠くでサイレンが聞こえた。

「あの……」突然、真琴がこちらを向いた。さきほどまでの照れがない、まっすぐな瞳がじっと達也を見つめる。

「ありがとう」そう言うと、小さく頭を下げた。「今までありがとう」

微笑む顔が、消えてしまいそうにはかなく見えて、達也は慌てて身を乗り出した。

「なんだよ。いいよ、今さらそんなこといちいち言わなくても」

真琴は首を振った。

「ううん、達也くんがいてくれて本当に良かったって思ったから、ちゃんとお礼を言いたかったの。私はひとりじゃないんだって、初めてそう思えたから……」

寂しかったから、と真琴が前に言ったことを思い出した。昨夜、真琴が「たすけて」と言ったのは寂しさから救ってほしかったからだ。そして、知らず知らずのうちに寂しさを背負っていた自分も真琴の温もりを求めた。真琴に対する好きでも嫌いでもない、あやふやな感情。でも、それでいいと思った。

「俺も、ありがとう」

達也はコーヒーをすすった。苦いはずなのに、ほんのりと甘みを感じたような気がした。

コマーシャルをはさんで、また事故現場が映し出された。今度は現場から中継のようである。

レポーターが状況を説明した。

「今日午前十時三十分ごろ、東京都新宿区四谷三丁目のビル建設工事現場で移動式大型クレーン車が横転しました。約三十メートルあるクレーン車のアームが工事現場横の駐車場から出車しようとした乗用車を直撃し、運転していた男性が下敷きになり即死しましたが、先ほどその男性の身元が判明いたしました。警視庁四谷警察署によりますと死亡した男性は、大阪市北区天満に住む無職、三枝智男さん四十三歳。重傷者三名のうち、クレーンの運転をしていた木村隆さんは運転席から投げ出され、背中を強く打ち……」

三枝智男は寂寿の本名だ。そして、大阪市北区天満には三枝美津雄の自宅がある。

達也は真琴を見た。真琴は画面に目を向けたまま、口を両手で押さえていた。

「これって、事故よね……雅人が殺したんじゃないよね」

手ががくがくと震えていた。画面を見つめたままの目からぽろぽろと涙がこぼれてゆく。達也は真琴の肩を抱き寄せた。

「事故だよ、これは事故だ」

でも……そう言いかけたが、続かなかった。清武の死の翌日に寂寿が死んだ。偶然の連鎖なのか、それとも。

傀儡呪という言葉が頭をよぎった時、底知れぬ暗闇が目の前に広がったように思えた。

清武の告別式の翌日に寂寿の葬儀が執り行なわれることになった。寂寿は槇野由良との一件で無期限の謹慎中のため、協会の身分証明書が剝奪されている。そのためニュースでは無職とされたが、すぐに三枝美津雄の息子で人形遣いであったことが発覚し、劇場前には報道陣が詰めかけた。それ以上の騒ぎを警戒した美津雄は、寂寿の葬儀は密葬にすると取り決めた。

達也は松濤とともに、代々木の斎場へ向かった。さすがの松濤も無言だった。

斎場で、達也は懐かしい顔を見つけた。

「健二！」

以前、寂寿の楽屋手伝いをしていた三上健二である。健二は達也に気づくと手を上げた。髪形は変わらないが、顔が少しふっくらとしている。今はストレスから解放された生活を送っているのだろう。

「松濤師匠、御無沙汰しております」健二はまず松濤に頭を下げた。

「おお、久しぶりやな。元気そうでよろし、よろし」松濤はそっと健二の頭を撫でると、「ほな、わしは先に行ってるで」と中へ入って行った。

ドアが閉まるのを見届けると健二は声を潜めた。

「ニュースを見てマジでびっくりしたよ。でも、バチが当たったんだな」

一瞬、健二の顔に蔑むような表情が浮かんだように見えた。

「でもまあ、短い間だったけどいろいろ世話になった人だし、武寿《たけじゅ》兄さんにここを教えてもらったんだ。それよりお前、今度主役の主遣いやるんだって？　しかも、朱雀兄さんと最後にひとり遣いするなんて、すげえじゃん！」

明るい声が出入口に響きわたる。参列者の視線が一斉に達也と健二に注がれた。

「す、すいません……」健二が舌を小さく出しながら頭を下げた。「絶対観に行くからがんばれよな、じゃあな」小声でそう言うと健二は斎場から出て行った。

密葬だけに参列者も少なく、協会からも寂寿の師匠と兄弟子、松濤しか出席していなかった。参列者がひしめきあった清武の葬儀と比べると、なんとも寂しいものであった。

会場を見渡すと、三枝美津雄の姿がなかった。

「会長、いませんね」達也は松濤の隣に腰かけた。まもなく読経が始まった。

「ぺちゃんこになってたらしいで」松濤が声を潜めた。「百トンくらいのクレーンが直撃したんや。美津雄はん、霊安室で寂寿の姿を見て気絶したらしい」

三枝美津雄は度重なる心労のため、告別式も欠席するらしい。祭壇に飾られた遺影の笑顔が余計に寂しさをつのらせた。

「因果応報……やな」松濤が呟いた。達也ははっとして松濤を見た。

だが松濤は祭壇のほうを向いたまま話し続けた。

「朱雀から全部話を聞かせてもろうた。寂寿の車のトランクに桔梗の首があったそうや。あんだけの事故やったにもかかわらず、顔には傷がひとつもついておらんかった。寝込んでる美津雄はんの代わりにわしが他の遺留品も含めて引き取って、桔梗は真琴はんに渡した。それと、勘太郎のことなんやが」

松濤は一度言葉を切った。舞台関係者らしき男が松濤のそばに寄ってきて二、三言交わすと、後方に下がって行った。松濤は男がいなくなったことを確認し、また声を潜めた。

「あいつは後部座席におったみたいで、顔がバラバラに割れたらしい」

「それは死んだってことですか」

松濤が頷く。清武と寂寿の死因には謎が残るが、呪いの根源である勘太郎が壊れたことにより、傀儡呪による朱雀の心の支配は終わったということになる。達也は目を閉じると安堵のため息をついた。

「これでもう大丈夫なんですね」

「そうや」松濤は深く頷くと、達也のほうを向いた。「あんたにお願いがあるんや」

だが、師匠からお願いされるような事が思い当たらない。

「わしを桔梗に会わせてくれへんか」

「え……」

「桔梗を箱の中に閉じ込めたのはわしなんや。勘太郎から桔梗を守ろうと、わしは桔梗を封印した。やのに、そのまま長い間ほったらかしにした。儀一兄さんから預かった大事な大事な人形やったのにな。そやから桔梗に会うてそれを謝りたいんや」

松濤は頭を下げた。「それがでけへんとわしは……死ぬに死ねん」

その姿がやけに小さく見えた。達也はたまらず、松濤の手を摑むと勢いよく席を立った。椅子の倒れた大きな音に読経していた僧侶と参列者が驚き、一斉にふたりを見た。それでもおかまいなしに、達也は松濤をひっぱるようにして斎場を出ると、タクシーをつかまえた。

「門前仲町までお願いします」

「あんた、わしが桔梗の居所を言わんのにようわかったなあ」

「トランクにずっと閉じ込められていた桔梗がまずしてほしいことを考えたんです。そしたら、神崎さんに乱れた髪を直してもらって、俺に顔を拭いてもらいたいかなって。なんてったって彼女は江戸の華と謳われた吉原一の花魁ですからね。師匠もそう思ったから、神崎さんに桔梗を渡したんでしょう？」

達也の言葉を聞いた松濤は、財布から二万円を取り出した。そして運転手に差しだすと、

「おっさん、釣りはいらんさかい、はよう行ってや！　ああもう、なにちんたら運転しとんのや、スピードもっと上げえ。信号無視は絶対あかんけど、黄色は進めや！」

久々に聞く松濤の威勢のいい声が嬉しかった。

桔梗に早く会いたい。窓から見た夕日に美しいあの顔が重なった。


真琴の家に着くと、達也の予想通り桔梗は髪を結い直してもらっていた。身仕度が整うまで松濤は玄関で待ち、達也は桔梗の前に座った。

「ごめん……すぐに助けてあげられなくて」

達也は真琴から絹の布を受け取ると、白い頬に触れた。桔梗はうっとりと目を閉じた。

「きれいにしないと許しませんえ」

怒ったような口ぶりではあるが、目を閉じた顔にはやっと解放された安堵感がにじみ出ていた。

達也は静かに頷くと、桔梗の顎に手を添え布を滑らせた。

「怖かったか？」達也がそう尋ねると、桔梗は小さく首を振った。

「いずれは出られると思うていんした。あの箱に閉じ込められていた時も、ずっとそう思うておりました」閉じていた桔梗の目がゆっくりと開いた。「松濤が来ているのでしょう？」

達也は寂寿と勘太郎による傀儡呪から解放された朱雀が、松濤に今まで起こった出来事すべてを話したことを告げた。

桔梗は黙って話を聞いてからしばらく考えこむと、

「わちきが言葉を話すことをあの男は知らぬはずです。朱雀がどこまで話したかはわかりませんけれど、たとえ、わちきが話すことを知っていたとしても、わちきはあの男とは話しんせん」

そう言って顔をそむけた。

「でも、師匠は桔梗に謝りたいって言ってここに来たんだ。そうでないと、死ぬに死ねないとまで言って……」

「会わぬとは言うておりません。話しはせぬということ」

真琴が結いあがった伊達兵庫にヘアスプレーをかけ、結髪が終わった。

「あの男に会うのはほんに久しぶりでございます。ずいぶんと歳を取ったのじゃありませんか。すまないけど、ふたりきりにしておくれ」

そう言うと桔梗は正面を向き、唇をきゅっと結ぶと息を止めた。すると、目や鼻、口、頬など顔の各パーツと手足の動きが固まった。

瞬く間の変化《へんげ》に達也は真琴と顔を見合わせた。恐る恐る桔梗の頬に触れると、さきほどまであった弾力が嘘のように消えていた。

「桔梗が、人形になった」

真琴は慌てて立ち上がると、「師匠を呼んでくるわね」と言って玄関に向かった。

真琴に促されて部屋に入ってきた松濤は、桔梗の姿を見るなりひれ伏すように床に崩れ落ちた。

「許してくれ……」

人形立てに立てられた桔梗は、床に伏したままの松濤を見下しているように思えた。達也はそうっと襖を閉めると、玄関に座った。そこへ真琴がお茶を持ってきた。

達也は礼を言い、一口含むと「朱雀兄さんは？」と尋ねた。

「稽古しなきゃ、って劇場へ行ったわ。呪いが解けて安心したけど、最近また追い詰められてるみたい」

ここ最近、朱雀とは挨拶以上の言葉を交わしていない。いまだかつてない大舞台を目前にして、さすがの朱雀も心に余裕がなくなってきているのかもしれない。

「初日まで一ヵ月切ったし、みんながピリピリしてるよ」

「でも、心配だわ」

目を伏せた顔に、何があっても真琴の心が朱雀から離れることはないと思い知らされたような気がした。達也は悔しさを抑えると、立ち上がった。

「俺、朱雀兄さんには絶対負けないつもりで遣うから」

真琴は驚いたような目で達也を見上げた。

朱雀との勝負はまず舞台の上でだ、と達也は思った。

闘志がみなぎる。こんな思いは初めてだ。

清武と寂寿の死により、『しだれ桜恋心中』をめぐる呪いの噂はさらに過熱した。インターネットの掲示板ではスレッドがいくつも立ち、毎日あることないことが書き込まれた。

そんな周囲の騒ぎとは反対に、稽古場の緊張感は高まっていた。総稽古は本番と同じセットの舞台を作り、人形も衣装、小道具すべてを拵える。通しですべての巻を演じ終わると、場面ごとに細かなチェックがされ、舞台監督からの指示がその都度出される。達也はノートにそれを全部書き記し、ひとり残って稽古をした。

達也だけでなく、朱雀も含めこの公演に携わる技芸員たち皆がそれぞれに必死だった。それはもちろん、六十年ぶりに上演される演目への意気込みの表われもあるが、ひとつひとつの公演に文楽の存続がかかっているという危機感がそうさせていた。どこかひとつでも手を抜くようなことがあれば、観客は必ずそれを見抜いてしまう。芸を育てるのは観客だから、必死にやらなければば観客はすぐに去っていってしまう。そうしたおのおのの芸に向き合う姿勢が新たな刺激となり、稽古場にまた違った緊張感を生んでいた。

だが、達也は新たな問題を抱えていた。右足の踵が稽古後によく痛むようになってきたのだ。もともとあった傷とはいえ、自主的に続けた稽古が影響したのかもしれない。病院へ検査を受けに行けばいいのだが、今はその時間さえも惜しかった。これまでの日々は、ただ人形遣いの真似事をしていたに過ぎないと思うほど、衣装を含め約十キロにもなる人形の主遣い、そして最後三分のひとり遣いは困難なものだった。

「千秋楽が終わったら、俺は死ぬかもな」

誰もいなくなった稽古場でひとりごちた。


そして、三月九日。ついに初日の幕が開いた。

達也は開演時間の三時間前に劇場入りした。朱雀の楽屋手伝いをしていた頃はいつもこの時間に入り、楽屋口に塩を盛り、掃除をして、朱雀の入りに合わせて香を焚いた。

思えば、ついこのあいだまでそんな生活をしていたのだった。

だが、桔梗と出会ってすべてが変わった。新たに出会った人もいれば失った人もいた。達也は振り向くと、楽屋暖簾に目をやった。今にもそこから清武がひょいと出てきそうな気がした。

ボストンバッグをおろすと写真立てを二つ取り出した。

ひとつは吉村梅濤こと父卓郎、もうひとつは人形師四代目大村龍三郎こと祖父屋島儀一の写真が入っている。松濤から借りたものだ。二つの写真立てを鏡の前へならべた。

「桔梗、ほら、じいちゃん……儀一さんだぞ」

達也は桔梗を写真立ての前に座らせた。しばらくすると、桔梗の手足がぴくり、ぴくりと動きだした。まるで眠りから目覚めたように、桔梗の体に生気が宿ってゆく。やがて、閉じていた瞼がゆっくりと開いた。

「まあ、儀一どの……」

約六十年ぶりの再会だった。桔梗の言葉が続かなかったのは、いろいろな想いが巡って泣いていたからかもしれない。達也はそっと桔梗のそばを離れると、楽屋を出た。すると、こちらに向かってくる真琴の姿が見えた。

「おはよう。やっぱり早いのね」

「ああ、なんかね、気がせいちゃって」

真琴がにこにこしている。不思議に思っていると、背中に隠していたものをいきなり突き出された。

「吉村孔雀さんと桔梗花魁へ楽屋花のお届けです！」

それは青紫と紫の桔梗の花だった。達也にとって初めての楽屋花だ。

「ありがとう……」心遣いに胸が熱くなった。真琴は達也に花を渡すと、

「今日から一緒にがんばろうね。楽日終わったら焼肉でも食べに行こう」

真琴からそんな言葉を初めて聞いた。

「じゃあ初主遣いを祝っておごってくれよな」

ふたりは顔を見合わせ笑った。


開演一時間前になり、楽屋周辺は慌ただしさに包まれた。

達也は着替えをすませると、太夫と三味線の楽屋へ挨拶に向かった。朱雀への挨拶はその最後とした。流れの中ではなく、きっちりと挨拶したかったからだ。

達也は目を瞑って正座している朱雀の向かい側で畳に手をついた。

「本日は初日おめでとうございます」

二つの頭が同時に下がる。顔を上げると、すっとした切れ長の目が瞬きもせずに達也を見据えていた。その視線の鋭さに一瞬たじろぐ。

「君とこうして挨拶するのもこの公演で最後だ」

言われた言葉の意味が呑み込めない。

「この公演が終われば、君は今よりももっと実力をつけて素晴らしい人形遣いになっているだろう。僕と共演なんかしなくても充分お客が呼べるくらいにね」

「そんなこと……俺はまだそんな」謙遜ではなかった。そこまで言われるほど自信はない。

「桔梗を遣うことによってさまざまな心を知った君を見て、僕は自分の遣い方が自分のためだけに遣っているものだとわかったんだ。だけど、もうこのスタイルを変えることはできない。なぜなら僕が僕じゃなくなるからね。それは同時に自分の限界を知ったことにもなるんだ」朱雀はすっと立ち上がると達也を見下ろした。

「だからと言って、すべてを諦めたわけじゃない。僕は」

暖簾の向こうから達也を呼ぶ舞台監督の声がした。朱雀は考えこむようにしばらく黙ると、

「じゃあ、本番もよろしくお願いいたします」と頭を下げた。

楽屋を出た後も朱雀の様子が気になったが、達也は舞台監督と本番前の最後の打ちあわせに入った。

開演十五分前になった。

「これで五回目ですね、おまえさまが顔を洗うのは」

桔梗は呆れたように笑うが、達也は高まる緊張感に顔を洗わずにはおられない。

「しかたねえだろ。こんな大舞台を目前にして、緊張しない奴がいたらお目にかかりたいもんだよ」

桔梗は座布団から立ち上がると、達也の前に立った。両手を伸ばすので抱きかかえると、「馬鹿な孔雀。おまえさまにはわちきがいるじゃありませんか」

次の瞬間、唇にやわらかなものが触れたような気がした。

「桔梗、お前！」目を見開く達也を見て桔梗はくすくすと笑った。

「ほら、もう気持ちが逸れなましたろう」言われた通り、さっきまで体中に張りつめていた緊張が解けていく。「おまえさまはほんに素直な男じゃなあ」桔梗はまた呆れたように笑ったが、すぐに真顔になった。

「孔雀、ようお聞きなんし。わちきが三歩先を歩けば、おまえさまは三歩さがりゃれ。その代わり、おまえさまが三歩先を歩けば、わちきは三歩さがる。ようございますね？」

桔梗の言葉と、松濤の言葉が重なった。

桔梗の手が達也の手に触れた。互いの心と心を合わせるように、白い小さな手と大きな手を重ねあわせる。

「今日からおまえさまとわちきは、ひとつでござんすよ」

開演を告げるブザーが鳴った。

日本橋界隈のにぎやかさを表わすお囃子が聞こえ始め、楽屋フロアのスピーカーから「東西《とざい》、東西《トーザイ》」に続き、「『しだれ桜恋心中』『越後屋内の段』」の黒衣の声が、舞台の幕が開いたことを告げた。

床が回り、澤田文大夫《ふみだゆう》と鶴山幸武《ゆきたけ》が登場すると、客席から割れんばかりの拍手と歓声が沸き起こった。国宝級のふたりが上の巻からお目見えする豪華な配役に、観客の誰もが興奮を隠せないでいた。

文大夫が床本を捧げ持ち、見台に下ろすと同時に、幸武が撥《ばち》を弦にふり下ろした。文大夫のしわがれた声に乗って、呉服屋「越後屋」主人、兵右衛門の人形を遣う桐谷勘之介《かんのすけ》と兵右衛門の妻おみつを遣う桐谷豊介《とよすけ》が舞台へと出てゆく。

達也は桔梗とともに袖に控えた。朱雀は勘太郎を伴って下手に向かった。

達也の頭の中にはもう呪いも、真琴や朱雀の関係も、松濤の過去も消えてなくなっていた。この夢の世界を桔梗とふたりで生きること。それだけを思っていた。

「越後屋内の段」が終盤にさしかかる。

出番が近づくにつれ、体が震えているのが自分でもわかった。さっきから喉もカラカラに渇いている。そんな達也を見て左を遣う福濤が腰を叩いた。振り向くと、ニッと笑っている。足遣いの幸濤は「深呼吸しなはれや」とそっと耳打ちした。

誰もが緊張するときに相手を気遣える余裕が自分にはまだない。さすが先輩たちだ。達也は深く息を吸い、ゆっくりとはき出した。

舞台監督が出番の合図を送った。

「行くぞ、桔梗」

あい、と声が聞こえた。

達也は吸い込まれるように光の中へと駆け出した。

東京公演　三月九日初日　二十五日千秋楽
『しだれ桜恋心中』
「越後屋内の段」
澤田文大夫
中　豊松耀大夫《かいだゆう》
武田雛大夫《ひなだゆう》
鶴山幸武
「富倉屋の段」
豊松伊勢大夫
中　武田富士大夫
切　武田慶大夫
鶴山若武
「久遠寺《くおんじ》の段」
切　澤田初大夫
鶴山富武
鶴山貴武

〈人形役割〉

桔梗（お園）　吉村孔雀
勘太郎　吉村朱雀
兵右衛門　桐谷勘之介
女房おみつ　桐谷豊介
寅吉　桐谷輝介《ようすけ》
お泰　吉村紅濤
久遠寺住職　吉村光濤《みつとう》
兵右衛門の取り巻き、花魁道中一行、追手　大ぜい

●すじがき

「越後屋内の段」

時は江戸中期。越後商人の亀山兵右衛門が主人を務める「越後屋」は、着物の地に押し花を織り込んだ「花散里」という反物を作ったところ、たちまち大はやりとなり、江戸で一番人気の呉服問屋となった。越後屋には有り余るほどの金が入ってくるようになり、温厚で人当たりの良かった兵右衛門は、いつしかすべてを金という物差しで測る陋劣《ろうれつ》な男になっていった。兵右衛門は

苦労を共にした妻のおみつを、財産目当てに自分を殺そうとしていると言いがかりをつけて一方的に離縁する。これにには息子の勘太郎も怒り、おみつと共に家を出ようとしたが、跡取りを道連れにすることをためらったおみつはひとりで家を出て隅田川に身を投げた。兵右衛門に愛想をつかした昔からの友人たちは離れていくが、兵右衛門は金目当ての取り巻き連中と連れだって吉原一の花魁・桔梗がいる「富倉屋」に通うようになった。

「富倉屋の段」

金を山のように積んでも兵右衛門は桔梗花魁との初会がかなわなかった。桔梗は心根の良い客でないと決して会わず、兵右衛門の悪い噂を知っていたのだ。ある日、仕事を放って吉原に入り浸る父を諭そうと吉原へ向かった勘太郎は、桔梗の花魁道中に出くわした。初めて見る花魁のきらびやかさに勘太郎は魂を抜かれそうになるが、伊達兵庫の髪に挿された銀のかんざしを見て驚く。それは、遠い昔に別れた幼馴染のお園にやったものだった。桔梗の花を模ったかんざしを見間違うわけがない。ふたりは互いに想いを抱いていたが、油問屋の番頭だったお園の父、寅吉が店の金を使い込み夜逃げしたことで離ればなれになっていた。花魁となったお園を見て、一家が悲惨な末路を辿ったことを知る勘太郎。桔梗は銀のかんざしを引き抜くと勘太郎に渡し、「あとで富倉屋に届けてくれ」と言い残して去る。こうしてふたりは逢瀬を重ねるようになった。毎夜のように出かける勘太郎を不審に思った兵右衛門は、ある夜、そのあとをつけていき、勘太郎と桔梗のことを知ってしまう。兵右衛門は怒って勘太郎を蔵に閉じ込め、裏から手を回して桔梗との初会を遂げるが、桔梗の顔を見て驚く。かつてひそかに愛していた寅吉の妻お泰に瓜二つだったのだ。兵右衛門は桔梗花魁を身請けすることに決める。

「久遠寺の段」

桔梗花魁は身請けから逃れたが、逆上した兵右衛門は富倉屋に火をつけさせた。死人は出なかったが、焼け出された茶屋の者たちを救うため、桔梗は兵右衛門の身請けを承諾する。兵右衛門の後妻として越後屋に迎えられた桔梗花魁ことお園は、勘太郎が蔵に幽閉されていることを知ると、すぐに助け出した。勘太郎を看病するうちに胸にしまっていた想いが蘇るが、表に出すことはなかった。勘太郎も込み上げる想いを必死で抑えていた。ある日、越後屋にひとりの老婆がやってきた。老婆はお園の母、お泰だった。お園に金をせびるために来たお泰のみずぼらしい姿に兵右衛門は愕然とする。むげに追い返そうとする兵右衛門に、お泰はかつて油問屋の手伝いをしていたころに兵右衛門に乱暴されてできた子がお園だと告げる。実の娘を後妻にしたことで強請《ゆす》ろうとするお泰を兵右衛門は切り殺す。気が動転し、刀を手に暴れる兵右衛門を押さえようとした勘太郎は誤って兵右衛門の心臓を一突きしてしまう。返り血を浴び呆然とする勘太郎の手をひいてお園は店を飛びだした。追手から逃れてふたりが辿り着いたのは、山陰の山深くにある久遠寺だった。腹違いの姉弟と知り、どうせ現世で結ばれぬ恋ならば来世で結ばれようと、ふたりは満開のしだれ桜の下で刺し違えた。翌朝、亡骸を見つけた住職は哀れに思い、しだれ桜の根元にふたりを埋めた。それからというもの、これまで淡桃色だったその花は薄紅色に変わり、しだれ桜は三年に一度開花するようになった。

花びらが敷き詰められたところに、達也は桔梗を静かに横たわらせ、朱雀はその上にやさしく勘太郎の体を重ねた。終盤三分間のひとり遣いの最後の場面。すべての体力を使い切る前のゆっくりとした動きに、呼吸が荒くなるのを抑えきれない。

住職を持った光壽と左遣いの桐谷幸之助《こうのすけ》、足遣いの桐谷貞光《さだみつ》が登場し、ふたりの亡骸を発見したあと、手厚く葬る場面が始まる。

桔梗と勘太郎をそれぞれひとりで支える達也と朱雀は、ここが最後の踏ん張りどころである。額から次々と流れ落ちてくる汗が目に入って痛い。思わず閉じてしまいそうになるのを堪え、達也はより一層神経を集中した。そんな達也を見て、真横にいた朱雀は「がんばれ」とでも言うように見つめた。ここしばらくの間、ぎくしゃくしていた朱雀との関係が、この一瞬で緩和されたような気がした。

朱雀のひとり遣いはやはり素晴らしかった。三人遣いよりかなり制限された動きに、勘太郎の心理が見事に表現されていた。勘太郎のリードがあったから桔梗が動けた場面もあった。朱雀は天才という一言で片づけてしまうのは野暮に思えるほど、溢れんばかりの才能を努力で磨く人形遣いであり、文楽の至宝であることを達也は思い知った。そんな朱雀と「主遣い」として同じ舞台に上がれたことは、なんと幸せなことか。達也は胸が熱くなった。

カン、と拍子木が鳴った。

ひとつ、またひとつとその音を増やしながら、舞台の終わりを告げていく。幕が引かれていくのを見ながら、達也は一筋の涙を流した。


十七日間の夢の世界はあっという間に過ぎていった。

呪いの演目と呼ばれた『しだれ桜恋心中』の公演は、けが人や死亡者もなく、その幕を閉じた。

約六十年ぶりの上演に加えて国宝級を揃えた太夫と三味線に、朱雀と孔雀の若手人形遣いが終盤でそれぞれにひとり遣いをする、あえて文楽の原点に戻った演出は新たな挑戦と高く評価された。

再度の上演を望む声が高く、協会には問い合わせが相次いだ。


千秋楽の翌日。

達也は昼まで眠ると、楽屋に置いてある桔梗を引き取りに劇場へと向かった。

人形立てに拵えられたままの桔梗は目を閉じていた。十七日間、三幕出ずっぱりの公演には、さすがに桔梗も疲れたようで、達也が抱きかかえたことも気づかないほど深い眠りに落ちていた。

そのまま床山部屋に連れていくと真琴の姿はなく、見習いの少年がひとり座っていた。達也の顔を見るなり、「神崎さんは今日はお休みです」と訛った声で言う。

「体調でも悪くしたんですか?」

「……さあ」

「わかりました」

とりつくしまのないその態度に、達也はドアを閉めた。

「それほど気になるなら真琴の家に行けばようござんす」突然聞こえた声に驚く。

「桔梗! こんなところで声を出すな」慌てて周囲をうかがう達也を桔梗はケラケラと笑った。

「さっさと真琴に会いに行けばよろしゅうおすのに、おまえさまは肝が太いところもありんすが、そうでないところは小さうおすなあ」

「人形のくせにうるさいなあ、ほっといてくれよ」

「わちきはただの人形ではありんせん! 何度も言わせるのはよしなんし!」怒った桔梗がつんと横を向く。

だが、達也は真琴のことですでにうわの空だった。具合でも悪いのだろうか。お腹の子供のことも気になる。

達也は桔梗を抱えると、劇場ロビーにある公衆電話に向かった。指が番号を覚えているのに驚く。

呼び出し音が三回鳴った後、電話がつながった。

「もしもし……？」

「達也くん？」驚いたような声。

「……ごめん、急に」

「ううん、どうしたの？」

「今日は来てないって聞いたから、具合でも悪くなったのかと思って」

「ちょっと疲れちゃったみたい。でも、心配しないで。たいしたことないから」

人の気配がした。朱雀がいる。ふたりだけの空間に割って入ってしまった罪悪感を感じた。

「じゃあ、お大事にね」

切ろうとすると「焼肉」という声が聞こえた。慌てて受話器を耳に当てる。

「焼肉、忘れてないからね」真琴の弾んだ声に沈みかけた気持ちが上向く。

「うん、わかった……じゃ」達也は静かに受話器を置いた。

「にやついて、いやらしい顔！」桔梗は達也を睨みつけると頬をぎゅっとつねった。

真琴が振り向くと、真後ろに朱雀が立っていた。びくり、と真琴の体がはねた。

「やだ、びっくりさせないで」

「誰？」

「え？」

「今の電話、誰から」

執拗に問い詰める朱雀に真琴は怪訝な顔をした。その顔を見て朱雀の声色が変わる。「なんだよ、言えない相手なのか！」

「……達也くんよ」

朱雀の頬が細かく震える。

「あいつのこと、好きなのか」

「なに言ってるの？」

朱雀はまばたきもせずに真琴を見つめていた。その眼球は落ち着きなく動いている。

明らかに様子の違う朱雀に、真琴の顔がひきつった。

「雅人、どうしたの？」

「だめだ……僕から離れちゃだめだ……だめだ……」消えいるような声で呟く。

「……雅人？」

「絶対にだめだああああっ！」

朱雀が叫びながら真琴を押し倒す。そして馬乗りになると、真琴の首に両手を押しあてた。

「僕のことを好きなんだろう！　好きなのになんで離れようとするんだ！　そんなの絶対に許さない！　許さない……‼」

「や……っ……め、ま……さ……」

ぐいぐいと力を込める雅人から逃れようと、真琴は手足をばたつかせた。だが、もがけばもがくほど朱雀は無我夢中に締めつけた。

「許さない、僕から逃げるなんて許さない、許さない、絶対に許さないっ！」

朱雀の腕を摑んでいた手がだらりと床に落ちた。

「……真琴？」

横たわる真琴の呼吸は、すでに止まっていた。


達也はその時、誰かに呼ばれた気がした。

半蔵門駅へ向かう途中で立ち止まったが、あたりに人の気配はなかった。春の風が髪をなでる。

「風の音か」

時計を見ると午後三時を回ったところだった。

達也は再び歩きだした。今日から二日間は公演明けの休みなのだが、正月は稽古で忙しかったこともあり、高砂の実家に帰ることにした。

「孔雀……」

スーツケースから桔梗の声が聞こえた。通常、公演が終わると人形は首と衣装が外され解体されるが、今回はすぐに首倉庫に押し込めるのも忍びがたかったので、達也は桔梗を劇場から持ち出した。夏休みに真琴が桔梗を家に連れて帰ったように、今度は自分の実家でのんびりと疲れを癒してやろうと思ったのだ。

「どうした?」

達也は歩道の脇に移動すると、ロックをはずしてケースを少し開けた。隙間から桔梗の顔が見えた。

「さすがに電車の中では開けられないから、もうすこし我慢してくれな」

すると、「孔雀、桜が見とうおす」珍しく甘えたような声で言う。

「ああ、そうか。もう満開だもんなあ」

公演中は外の景色の変化に気づかなかった。

「ここからだと一番近いのは千鳥ヶ淵か。ちょっと行ってみるか」

達也がスーツケースを閉じようとすると、

「しだれ紅桜がようござんす」

「え?」

「わちきはほんとのしだれ紅桜を見たことがありんせん。見せてくんなまし」

そうはいっても、都内でしだれ紅桜を見られる場所など思いあたらない。達也が考えあぐねていると、

「物語に出てくるしだれ紅桜は、備後と備中の境にある延命寺の桜が元となったのです。わちき

はその桜をこの目で見てみとうございます。お願いでおす、孔雀。わがままはこれきりにしますから、わちきをそこに連れて行ってくりゃれ。お頼みもうします、一生のお願いでおす」

「備後と備中の境……岡山あたりか」

今からそこへ連れていけという無茶も、切願する声にほだされてしまう。

「本当にわがままはこれっきりなんだろうな？」

達也は小さくため息をつきながら笑うと、東京駅へと向かった。


東京駅から羽田に向かい、ガイドブックを買って飛行機に乗った。

「延命寺……延命寺……お、あった」

そこは県境のほとんど僻地であった。最寄り駅からバスで一時間十五分とは、山奥も山奥だ。

後悔が今頃になって押し寄せてきた。だが、技芸員になってからは旅行らしい旅行はしたことがない。これもいい気分転換だと思うと、気持ちが明るくなった。

ガイドブックによると、そのしだれ紅桜は樹齢一千年とも言われる大木で、三年に一度咲くという特異なものらしい。

「三年に一度か。行って咲いてなかったらアホだな。しかし、樹齢一千年はすげえなあ」

どれくらい大きな樹なんだろう。達也は思いをはせながら目を閉じた。

岡山空港からバスに乗り、岡山駅に移動して、県境までまたバスに乗り換える。空港に着いた時点ですでに日は暮れていたが、県境が近づくうちに夜はどんどんふけていった。

暗闇の中、停留所で下ろされ、まだ冷たい外気と心細さに体が震える。あたりには、ぽつぽつと灯りが見えた。まさに人里離れた山奥という言葉が似合いそうな場所である。

スーツケースから声が聞こえる。達也は慌ててケースを開けた。

「開けるのが遅うおざんす！」

「ごめんごめん、でも着いたぞ」

桔梗はゆっくりと体を起こした。そしてあたりを見回すと、「似てる……」と呟いた。

「どこに似てるんだ？」

「儀一どのが育った村に似てる……」桔梗は懐かしそうに目を細めた。

そう言われて達也は改めて周囲を見た。だが、夜のせいか、達也には何も見えない。

ふと、あることに気づいた。

東京で作られた桔梗は、祖父の育った村を目にしたことはないはずだ。

「桔梗、お前なんで……」達也の言葉をさえぎるように、桔梗は突然立ち上がると前方を指さした。

「孔雀、延命寺でございます！」

桔梗の示す方向に目を凝らすと、寺の灯りに照らされた桜が見えた。

「しだれ紅桜です！」

しだれ紅桜が咲いている！　やっぱり、来て良かった。達也は急いで旅館に荷物を預けると、桔梗を抱え夜の道を走った。急ぐ必要はないのだが、早く桔梗に見せてやりたいという気持ちが先に立った。桔梗は達也にぴったりと身を寄せた。

時計を見るともう十一時近い。寺の門はすでに閉ざされて、達也の足音と荒い息しか聞こえないほどあたりは静まり返っていた。

塀の外からはほんの少しだけ桜が見える。だがやはりその美しさを間近で見てみたい。

「やっぱり、登るしかないか。見つかったら不法侵入罪で捕まるぞ」

達也は手を合わせ「神様仏様ごめんなさい」と言うと、桔梗をおぶった。

「いいか、しっかりつかまってるんだぞ」

弾みをつけて塀をよじ登った。

なんとか境内に入ると、そびえ立つ大木の想像以上の迫力に目を見張る。高さは十五メートルくらいだろうか。樹齢一千年と言われる、気高く立つ姿に感動を覚える。

黒い大きな幹から伸びた何十本もの枝が、地面につかんばかりに長く垂れている。薄紅色の桜が咲き、その美しさはライトアップされているかのように鮮やかであった。

達也は桔梗をおぶったまま、幹と枝の間に入っていった。

見上げるとそこには薄紅色の空があった。

「きれい。まるで夢の中にいるよう……」

「そうだな」ふたりはその幻想的な美しさにうっとりと見入った。

桔梗は花びらにそっと手を伸ばした。

「これで願いが叶いました」

「え？　なんだ？」

「もう……思い残すことはない」

「なんだよ、桔梗。お前、さっきからなに言ってるんだ？」

その時、達也は背中の奥深くに何かが入った気がした。

「なっ……」

今まで感じたことのない激しい痛みに耐えながら、やっとのことで振り向いた達也の目に映ったのは、桔梗ではなかった。反り返った目は金色に染まり、形の良い小さな唇は大きく耳の下まで裂けている。それは鬼そのものであった。

「き、桔梗……!?」

その次に目に映ったのは、赤く血塗られた刀だった。

「なんだ、そ……れ」

突然、体じゅうの力が抜け、達也はうつぶせに倒れた。背中からとめどなく流れる血が地面を赤黒く染めていく。血圧が下がってきたのか、達也の体は震え始めた。桔梗は見下ろすように達也の上に立つと、にやりと笑った。

「そう、その顔。信じていた者に欺かれて、絶望した顔。私はその顔が見たかった」

「お……まえ……最初から俺を殺す……つもりで……」

「そうだ、そして清武も寂寿も勘太郎も私が殺した。私を疑わぬように、私から気をそらすようにな。あいつらはお前を殺すための目くらましみたいなものだ」

「どうして……こんな……こと……」

「傀儡呪は人を妬む、嫉む心からきていると言っただろう。松濤がお前の若さと才能に嫉妬する心と、人形師と人形遣い、そして文楽を憎む私の心が結託したというわけだ」

薄れていく意識の中で、松濤と聞こえた気がした。どうして師匠の名前が出てきたのか。そのあとの桔梗の言葉が聞き取れない。思考が途切れ途切れになり、言葉が全然出てこない。口をぱくぱくと開けては閉じる達也を見て、桔梗はせせら笑った。

「恨むなら、儀一を恨め。私の中に新宮園子の性根を押しこみ、ただの人形でも人間でもないものにされた私の苦しさ、辛さ、痛みを思い知るがいい！　本当はこの手で儀一を殺そうと思ったが戦争で死におった。六十年間も箱に閉じ込められていたおかげで、お前に御鉢が回ってきたわけだ。お前に儀一の面影を感じるたびに湧き上がる殺意を今日まで抑えるのに、どんなに苦労したか。だが、それもこれで終わりだ」

桔梗の言葉がどんどん遠くに聞こえる。達也は残る力を振り絞り、かすんでゆく目で薄紅色の空を見た。このまま死んでゆくなら、せめてこの美しいしだれ紅桜を最後の記憶にとどめておきたかった。

見せてあげたかったな。真琴のことを思った。達也の呼吸は次第に小さくなってゆき、やがて途切れた。

「ふん、死んだか」

桔梗は笑みを浮かべて、動かなくなった達也を見つめた。すると突然、

「痛い痛い痛い痛い痛い！」

桔梗は胸を押さえて前屈みになると、身をよじらせて苦しみ始めた。その胸にはいつのまにか小刀が刺さっていた。

「な、なぜ……なぜ！　なぜ!!」

刺さった小刀を必死で引き抜こうとするも、びくともしない。抜こうすればするほど、刃は体の奥へ奥へと入ってゆく。

「園子！　きさまの仕業か！」

桔梗の口から血の塊がぼたりと落ちた。

「馬鹿な女！　私を殺せば……お前も死ぬんだ……ぞ……」

桔梗はそう言うと、がっくりと首を垂れた。

すると、鬼の顔が消えてなくなり、新宮園子の顔が浮き上がってきた。

園子は達也のそばにじりじりと這い寄った。

「ごめんなさい……傀儡呪に抑え込まれていて、あなたを助けることができんかった……」

ひとつの人形とひとりの人間の身勝手な思いで非業の死を遂げた達也を思うと、涙が止まらなかった。だが、なぜか達也の口元には小さく笑みが浮かんでいた。

「そうやって笑った顔、儀一ちゃんにそっくりやな……」

園子は達也の傍らに自分の体を横たえると、愛おしそうに達也の顔を撫でた。

「儀一ちゃん、やっとここに来れたな。いつかふたりでこのしだれ紅桜を見に行こうって約束したじゃろ。うちらの夢、やっと……やっと……叶ったな……」

園子は達也の手に自分の手をそっと重ねた。そしてゆっくりと目を閉じると息を止めた。

吹きこんできた夜風に何十本もの枝がふわりと揺れた。薄紅色の花びらが夜空に舞い上がり、そしてひらひらとゆっくり落ちていく。それから数えきれないほどの花びらがふたりの上に雪のように降り積もった。


『しだれ桜恋心中』の公演が終了した翌日、神崎真琴の絞殺体が発見された。遺体のそばには久能雅人の首吊り死体があり、無理心中と考えられた。

ふたりをよく知る関係者として、唯一連絡が取れず警察が行方を追っていた屋島達也は、公演終了の二日後、岡山県と広島県の県境にある山村の延命寺で刺殺体として発見された。遺体のそばには花魁の人形が倒れており、その胸には小刀が突き刺さっていた。

目撃者や情報も少なく、捜査は難航した。

評判の高かった舞台終了直後に起こった衝撃的な事件に、マスコミは大騒ぎとなった。清武や寂寿の時はマスコミを押さえることができた協会だったが、人気のあった朱雀が絡んでいるだけに前回のようにはいかなかった。

協会幹部の自宅には報道陣が昼夜を問わずに張りつき、劇場に出入りする技芸員たちからコメントをもらおうとレポーターが群がった。

たび重なる心労に三枝美津雄は倒れ、ついに会長職を辞任した。後任には由良の父で協会理事長だった槇野勇治郎が就いた。勇治郎は全技芸員を大阪文楽座に集めた。

「下手するとこの騒ぎで文楽はこの世からのうなってしまうかもしれへん。やけど、四百年近い長い年月を経ても滅びることがなかった、世界で唯一無二のこの素晴らしい芸術を、われわれの代で無くすわけにはいかんのや！　どうか、みなさん、お願いです。文楽をとこしえに存続させるためにも、今回の事件について余計なことは一切言わんことを約束してくれんか。おのおのが事件について知っていることは一言も漏らさず墓場まで持っていくんやで」

技芸員たちは深く頷いた。

事件から二年が経過した。季節は再び春になり、桜前線は九州を通過して中国山陰地方に入った。その日、横田は延命寺にいた。

「やっぱり咲かないか……残念だな」

仰ぎ見たしだれ紅桜は、今年は緑の葉を風にそよがせていた。雄々しくそびえ立つ姿は生命力に充ち溢れ、横田はただただ圧倒された。

「横田さん、お久しぶりでございます」声をかけられ振り向くと、寺の住職が合掌しながら頭を下げた。

「このたびは無理なお願いを申しあげまして、誠に申し訳ありません」横田は頭を下げると、鞄から風呂敷包みを取り出した。結び目をほどくと、人形の顔が見えた。

「ほんまに綺麗なお人形さんですねぇ」

住職が惚れぼれするように呟いた。

「じゃあ、ここでいいですか」

横田の言葉に住職は無言で頷くと、また手を合わせてその場から去った。

横田はあらかじめ作ってもらっていた炉の中に、人形を置いた。

「桔梗……」

胸の刺し傷のあたりについていた血はすっかり赤茶け、着物に染みついてしまっていたが、二年ぶりに見る顔の美しさは何ひとつ変わっていなかった。

横田は鞄から黒革の手帳を取り出した。そして、はさんである便箋を静かに広げた。流れるような毛筆の文字で書かれたそれは、松濤からの手紙であった。

『横田はん、よくぞここまでたどり着きました。ご褒美としてこの手帳を貴方に差し上げましょう。そしてここに書かれてあることは全部ほんまのことです。果たして貴方がこれを信じるかどうかはわかりませんが、全部ほんまにあったことです。』

松濤は脳梗塞で倒れて意識が戻らないまま、一週間前に息を引き取った。死ぬ三日前に顔全体を覆った青紫のあざについても原因は不明だという。

「よくぞここまでたどり着いた……か」

事件発生から一カ月後。横田は松濤が人間国宝認定の喜びを詠った二つの短歌のうちのひとつ、『無何有島《むかうしま》　ねじ巻き泥を　食らう夜　夢にまた見た　涙流るる』の意味を探るべく、向島に向かった。昔、芸者の置き屋だった場所を回っていると、煙草屋の老女に封筒を差し出された。老女は松濤の母と知り合いだったという。

「横田っていう刑事さんが来たらこれ渡してくれって、金ちゃんから頼まれた」

手帳の主である三枝美津雄は糖尿病を患い、最近は認知症を発症したという。その手帳には自身の人生での様々な出来事が細かく記されていた。

周囲の期待の重さと、自分を妬む太夫の竹田栄太夫と三味線の野々村龍太郎からのいじめ、そして四代目を襲名する重圧に耐えきれず、男を買うようになったこと、その内の一人が偶然にも流浪中の松濤だったこと。その日から美津雄と松濤はお互いの弱みを握りあう不可思議な関係になったこと……。

親に死なれ、ひとりぼっちになった松濤は空腹に耐えかねたとき、一度だけ身を売ったことが手紙にも記されていた。それが『無何有島《むかうしま》　ねじ巻き泥を　食らう夜　夢にまた見た　涙流る』の歌になったのだ。

あの歌を発表した理由——忘れられない傷をあえてさらけ出したのは、過去を隠し通すことはできても己の心からは決して消えないことを言いたかったのかもしれない。だが、今となっては本当の理由は松濤にしかわからない。

そして美津雄の手帳には、『しだれ桜恋心中』初演の太夫と三味線の死が、お紺という人形を使った傀儡呪によるものであることが書かれていた。

「傀儡呪……」

人間と人形のそれぞれが持つ妬みや嫉みが結びつき、命を奪う呪いが実在し、実際それによって人間が死んだことが、横田にはまだ受け入れられなかった。

だが、それよりももっと不可解だったのは松濤の手紙の中に書かれていた、『弟子である吉村朱雀と吉村孔雀を殺したのは、私です。』という文面だった。

『年を取って日に日に衰えてゆく体は致し方ないとしても、人形遣いとしての力が落ちてゆくことにはどうしても耐えられませんでした。社会の底辺におった私が人並みの扱いを受けられるようになったのは、すべて人形を遣う力があったからこそ。人形は私の人生のすべて、人形が遣えんようになったら、ただの爺さんです。昨日までできたことができなくなる、あの恐怖は言葉にはとても表わすことはできません。私はだんだんと弟子たちを憎むようになりました。明日も明後日も一年後も五年後も十年後もなんの不安もなく、人形を遣うことのできる若さと時間、眩いほどにきらめく才能。特に、朱雀と孔雀に対してはその憎しみが倍増しました。私がどんなに努力をしてもできなかったことをやってのけ、実力をつけていく。師匠としてこれほど嬉しく、しあわせなことはないはずなのに、心の中ではどんどん憎しみが大きくなっていきました。積もり積もった憎しみが殺意に変わった時、私は桔梗を使って傀儡呪を生みだしました。実は、儀一兄さんに桔梗を託されて戦火の中を逃げ回っているうちに、私は桔梗の声が聞こえるようになっていました。でも、桔梗の儀一兄さんを恨む気持ちに耐えきれず、私は桔梗を封印しました。長い年月の中で桔梗の心も鎮まると思っていましたが、それは逆効果でした。桔梗が孔雀によって復活したことも、あんなに桔梗を恐れていた私が桔梗の手を借りて朱雀と孔雀を殺すことになったのも、因縁でしょう。あのふたりを欺くために、鶴山清武と桐谷寂寿、人形の勘太郎を傀儡呪で殺しました。そして最後に、私も殺してもらうことになってます。横田はんがこの手紙を読む頃、私はもうこの世にはいないでしょう。

横田はん、今まで騙してすいませんでした。すべては爺のつまらない嫉妬心から出たことです。私は殺してしまった方々の冥福を祈りながら、地獄の底に落ちていきます。そのうち、美津雄はんもここにやってくることでしょう。血の池に浸かりながらその日を指折り数えて待っております。最後にお願いがあります。桔梗は焼いてください。もう二度と、傀儡呪が生まれないように供養してやってください。どうかお願いいたします。それでは、さようなら。お元気で』

向島でこの手紙と手帳を受け取ってからずいぶんと時間が経った。呪いという言葉があるものの、提出すれば恐らく証拠品として扱われるだろう。だが、横田はそうしなかった。

地を這うような貧しい生い立ちから人間国宝にまで上りつめた吉村松濤を、悲劇の恋人たちを、そして、何よりも文楽を守るために――。

「情にほだされるようじゃ、この仕事はもう終わりだ」

横田は辞職願を提出し、受理された。

今日は屋島達也の命日になる。

木片にライターで火を点けると、横田はそれを桔梗に向かって放った。火はあっという間に黒地の着物に燃え移り、バチバチと音を立て始めた。やがて、炎は桔梗を包みこんだ。さらに大きく燃え上がる中に手紙と手帳を放り投げた。

「傀儡呪……か」

人形が呪いを使って人を殺す。松濤の手紙を読み終わっても、やはり信じがたい話だ。だが、相手を憎み、殺そうと思ったときに呪いはもしかしたら生まれるのかもしれない。

黒くくすんでゆく桔梗の顔と炎に揺られてめくりあがる手帳と便箋を見ながら、横田は大きくため息をついた。

それから二十分ほど経っただろうか。炎も鎮まり、炉の中は煙が漂っている。桔梗も手帳も手紙も燃えてしまった。あとは自分が知ったことを墓場まで持っていけば、すべてが完璧に終わる。

「さて、片づけるか」

横田は立ち上がり、炉の灰をほうきで掻きだした。ぐにゃりと溶けた鼈甲のかんざしと銀のかんざしが出てきた。やはりこれは残ったか。灰の中から取り出すと、ちりとりに入れた。

ほうきの先に何かが当たったような気がした。まだかんざしが残っているのかと思い灰を掻きだすと、ややくすんだ白色のものが出てきた。よく見ると細長いものと太い棒のようなものが十本くらいある。

軍手をつけてそれをつまみ取ると、目の前にかざした。次の瞬間、横田は息を呑んだ。

それはどう見ても、骨であった。三センチほどの脊椎骨らしき骨が四つ連なっている。この三十年間、現場で何度も人の骨を見た。見間違いはない。ないはずだ。

「どうして……そんな……」

桔梗の骨であるはずがない。まぎれもなく、桔梗は人形だ。しかし、目の前にあるものはどう見ても骨だ。横田は目を見開いたまま、動けなくなった。

春風がしだれる枝をふわりと揺らした。笑うように揺れた枝から薄紅色の花びらがひとつ、骨の上にはらり、とこぼれ落ちた。

第四回アガサ・クリスティー賞選評

アガサ・クリスティー賞は、「ミステリの女王」の伝統を現代に受け継ぐ新たな才能の発掘と育成を目的とし、英国アガサ・クリスティー社の公認を受けた世界最初で唯一のミステリ賞です。

二度の選考を経て、二〇一四年七月八日、最終選考会が、東直己氏、北上次郎氏、鴻巣友季子氏、清水直樹ミステリマガジン編集長の四名によって行なわれました。討議の結果、最終候補作五作の中から、松浦千恵美氏の『傀儡呪』が受賞作に決定しました。

松浦氏には正賞としてクリスティーにちなんだ賞牌と副賞一〇〇万円が贈られます。

受賞作

『傀儡呪』松浦千恵美

最終候補作

『星たちの綻び』阿部慶次

『スクールズ・アウト!』秋元雅人

『三番目の夜』春坂咲月

『ブルー・ペーパー』朝倉 渉

選評

東　直己

「誰がどう考えたって、『スクールズ・アウト！』がトップだろう」という意気込みで選考会に臨んだ。俺としては万全の態勢である。で、選考会場への廊下を歩いていたら、後ろで、「あのほら、『スクールズ・アウト！』だったっけ？　何を書きたかったんだろうな」

　俺は非常に驚いた。満場一致で『スクールズ・アウト！』に決まる、と思っていたからだ。

「地味な作品だったね」

　なるほど。地味か。しかしまた、「地味」は折り目正しさに通じる。他の候補作はみな、文章がメチャクチャで、安心して読めなかった。

　文章ってのは、まずは手入れの行き届いた器だ。これが汚れていたり、前に使った人間の口の跡が残っていたりしたら、物語を堪能できない。中で唯一、『スクールズ・アウト！』はきちんとした文章で物語が綴られていた。

　で、トップに推したが、皆の賛同を得られず、残念だった。

　とにかく、文章をナメてはいけない。

　以下、各作について一言ずつ。

『傀儡呪』、現代日本の刑事ふたりが、なんの疑問もなく「呪い」の存在を受け入れるのが奇妙。

『三番目の夜』、外国文化と甘味食物しか頭にない人々のジャレ合い。そう思えば、読めないこともない。

『ブルー・ペーパー』、今の我々は、こういう話を読むと「大企業ってそんなもん」と思っちゃう。作者の落ち度じゃないけれど。

『星たちの綻び』、冒頭は本当に魅力的。どういう世界だろうとワクワクしたが、脱出のあたりから話がわざとらしくなって終わってしまった。残念。

選評　北上次郎

『星たちの綻び』は格闘シーンがいい。知らない間に手がぶらっとしているというリアルが行間から立ち上がってくる。しかし犯人の動機にも計画にも説得力がなく、檸檬の捜査報告を電話で聞くだけとの構成も安易。それに凜々の親が中国裏社会のボスであったりと、不必要な道具立てが多すぎるのも難。

『ブルー・ペーパー』にもそういう不自然さがある。まず主人公の捜査に全員が素直に協力するという結構が不自然だ。捜査権のない人間が聞きまわるのだから、中には相手にしないやつもいるのが普通だと思うがそうすると物語が進行しなくなるということだろう。それに根本の計画にも無理があるし、文章が類型的であるのも気になる。

『スクールズ・アウト！』は、親の不在を隠すために第三者に母役を演じてもらうという挿話の描き方がいい。センスのある書き手だなという印象が強い。問題はこういう細部はよくても、父と母の再登場とその裏の事情など作りすぎの感があり、全体的に不自然さが目立つことだろう。

『三番目の夜』は文章が類型的との指摘があったが、私はさほど気にならなかった。それに人間関係もそれなりに描けていると思う。問題はミステリーとしての弱さにある。それでもこの手の小説を苦手とする私に理解できないだけかもしれないので積極的に推す委員の方がいればじっくり推薦の弁を聞こうと思ったが、そういう方もいなかった。

ということで受賞作の『傀儡呪』になるのだが、これは怒りだす読者がいるかもしれない。なんなんだこれ！　と。しかし圧倒的に楽しかったのでこれを推すことにして選考会に臨んだ。でも、こんなヘンな作品を推すなんてオレだけだろうな、ま、それも当然かも、と思っていたら、なんとみなさんの賛同を得たからびっくり。間違いを始め、欠点が散見するのでそれらを直すことを条件に受賞が決まったのだが、手垢のついた素材を人形を媒介にすることで新鮮な風景に一変する鮮やかさに注目したい。

選評

鴻巣友季子

バラエティに富んだ五作でした。読んだ順に書きます。梗概やタイトルを読んで、読みたい気にさせるかどうかも重要です。『スクールズ・アウト!』は学園ものにミステリを掛け合わせた青春小説。『星たちの綻び』は画家が格闘技家に変貌していく闘魂ミステリ。『三番目の夜』は日本美術に材をとった本格推理小説の連作集。『ブルー・ペーパー』は自動車業界の内部に切りこむ企業小説。『傀儡呪』は人形浄瑠璃を題材にした異色のホラー・ミステリ。

最高点をつけた『傀儡呪』はまず素材が人形浄瑠璃というのが、ミステリではまだ割合目新しいというのもプラスでした。ちなみに、学園もの、美術もの、企業ものは先行作が無数にありますから、その中で勝ち残るためにはかなりの仕込みが必要です。ただ、この「傀儡呪」、ミステリと言っていいのだろうか、というのが懸念といえば懸念。しかしわたしのメモには、「むちゃくちゃで呆れました(笑)。最高です」とあります。もちろん、「呆れた」というのは最高の賛辞です。

主な問題点は二つでした。一つは時間的な構成。もう一つの方が要《かなめ》で、これは本の刊行時に、作品の前提として公表されるでしょうから書きますが、花魁《おいらん》人形が喋ったり動いたりすること。その声を聞いた主人公と人形の一対一の交信であれば、心の領域に留めておけるが、視点人物以外を含めた複数で会話をするとなると、小説の情報の出し方としては、〈現実〉として解釈しないと、叙述法としてのバイオレーションが生じます。そして〈現実〉に人形が喋ると、「ファンタジックなミステリ」という領域から逸脱してホラーになってしまうのでは? という疑問は残りましたが、むしろ新しい挑戦として評価されました。

人形と人間は業を映しあい移しあうから、こうした題材は恐ろしくも面白くもなります。細部の整合性などは若干手直しの必要を感じましたが、無謀とも言える語りのパワー、これが本作の大きな魅力であり、この作者の強みではないかと思っています。

他の作品にもふれると、好みという点では『三番目の夜』。暗号やからくり箱、双子など、古典的トリックを網羅し、西洋美術、バロック音楽、フランス文学まで絡めた力作ですが、「私」のない一人称口語文体はその滑りの良さがプラスにもマイナスにもなっています。文体は単なる器ではなく命脈そのものです。ご一考を。

選評

清水直樹（ミステリマガジン編集長）

五作の最終候補作のなか、選考委員が最高点を付けた作品は二作あった。東氏が推した『スクールズ・アウト！』と他の三名が推した『傀儡呪』である。この二作に絞って選考が行なわれ、『傀儡呪』が第四回の受賞作に決定した。

私が最高点を付けた『傀儡呪』は文楽の世界を舞台にした（ネタから考えると）ホラー風味の作品と言えるだろうが、読み味はミステリ以外のなにものでもない。ただ、ミステリとしては前代未聞の結末と言っていいだろう。古典芸能という閉ざされた世界の雰囲気がよく書けており、そこで描かれる濃密な人間関係にも惹かれた。文章的なこと、核心に関わる部分など、気になる点は各委員によってさまざまあり、その指摘がどのように直っているのか、単行本を読むのを楽しみに待ちたい。

『ブルー・ペーパー』は、自動車業界の欠陥車問題を扱った作品で、ストーリイの流れは良く、最後までひっかかることなく読めた。ただ、主人公とヒロインの行動や言動が時代がかっているところが気になった。思い切って時代を昭和に設定して書き直してみると、もっと説得力のある作品になるかもしれない。

『三番目の夜』は、学生画家と女子大生を主人公にした美術テーマの連作長篇。二人のキャラ設定や会話は楽しく読みやすい。一方で軽すぎる嫌いがあり、先行作との比較でやや採点が辛くなった。『ブルー・ペーパー』とこの『三番目の夜』が私としては次点。

『スクールズ・アウト！』は、男子高校生を主人公にした学園小説。破綻はなく文章も読みやすい。ただ、ライトノベル的な書き方のせいか、人物、ストーリイ、描写など全体的にボリューム不足、物足りなさを感じた。

『星たちの綻び』は、自らも覚えていない罪で精神病院に収容された男の復讐を描いた作品。格闘シーンをはじめ、書きたい要素を楽しんで書いているのは伝わってくる。ただその分、冗長な印象を受けるのも確か。プロットを整理すると良くなるのではないか。

この物語はフィクションであり、実在の人物・団体とは一切関係ありません。

単行本化にあたり、第四回アガサ・クリスティー賞受賞作『傀儡呪』を大幅に加筆修正し、『しだれ桜恋心中』と改題しました。

しだれ桜《ざくら》恋《こい》心中《しんじゅう》

二〇一四年十月 二十 日 印刷
二〇一四年十月二十五日 発行

著　者　松浦《まつうら》千恵美《ちえみ》
発行者　早　川　　浩
発行所　株式会社　早　川　書　房

郵便番号　一〇一 - 〇〇四六
東京都千代田区神田多町二ノ二
電話　〇三 - 三二五二 - 三一一一（大代表）
振替　〇〇一六〇 - 三 - 四七七九九
http://www.hayakawa-online.co.jp
定価はカバーに表示してあります

Printed and bound in Japan

印刷・製本／中央精版印刷株式会社
ISBN978-4-15-209490-2 C0093

アガサ・クリスティー賞殺人事件

三沢陽一

46判上製

才能のなさに絶望した作家志望の青年は、死出の旅路で奇妙な事件に遭遇する。恐山山中の密室殺人、大曲の蛇神に兄を祟り殺された妹……そして東京・信濃町のアガサ・クリスティー賞授賞式の会場でも事件が起きる。被害者は有栖川有栖、探偵は某著名ミステリ評論家、関係者が実名で登場する殺人事件の真相とは？